LE ROMAN DE L'ESPIONNAGE

Né à Moscou en 1950, Vladimir Fédorovski est diplomate pendant les grands bouleversements à l'Est, promoteur de la *perestroïka*. Auteur à succès, il a écrit à ce jour trente titres, traduits dans vingt-deux pays.

Paru dans Le Livre de Poche :

LE FANTÔME DE STALINE

LE ROMAN DE LA RUSSIE INSOLITE

LE ROMAN DE RASPOUTINE

LE ROMAN DE SAINT-PETERSBOURG

LE ROMAN DU KREMLIN

LES TSARINES

VLADIMIR FÉDOROVSKI

Le Roman de l'espionnage

ÉDITIONS DU ROCHER

ISBN : 978-2-253-17356-4 – 1re publication LGF

Prélude

Les « illégaux » du XXIe siècle

L'arrestation aux États-Unis et à Chypre, au cours de l'été 2010, de onze personnes soupçonnées d'intelligence avec la Russie a de nouveau propulsé le renseignement au cœur de l'actualité, levant le voile sur des détails truculents, à l'instar d'un roman de Graham Greene. Mais à l'ère d'Internet et de la mondialisation, ce court métrage en noir et blanc prenait un tour quelque peu anachronique.

Embarrassés, Moscou et Washington veillèrent, au demeurant, à ce que cet incident ne nuise pas au rapprochement des deux nations mis en œuvre depuis l'arrivée de Barack Obama au pouvoir.

Le « nid d'espions », placé sous surveillance depuis près de dix ans par le FBI, abritait surtout des Américains « bien tranquilles ».

À Montclair, dans le New Jersey, où ils ont été interpellés, Richard et Cynthia Murphy – déclarés sous un nom d'emprunt – habitaient une agréable petite maison à deux étages dans une rue paisible.

Jeune femme avenante et élégante, Cynthia était employée de banque à New York. Son léger accent ? « Je suis d'origine belge », assurait-elle à ses voisins qu'elle entretenait de jardinage. Richard ne s'absentait guère du domicile familial, se consacrant à leurs deux enfants. Il informait les autorités russes depuis des années.

Détail éloquent : leur manie, pour le moins incongrue, de photographier méthodiquement les passants et de relever l'immatriculation des véhicules garés alentour… Immergés dans l'effervescence des gares, les Murphy approchaient en toute discrétion leurs contacts russes et leur adressaient des notes consignées à l'encre sympathique.

Au printemps 2009, aux fins de pénétrer les visées d'Obama avant le sommet du G8, Moscou leur alloue d'importantes liquidités. Leur mission visait en particulier à divulguer les positions américaines en matière de désarmement et sur la question du nucléaire iranien. Cynthia devait également exploiter les rapports qu'elle entretenait avec un financier réputé pour ses contributions fréquentes aux campagnes d'un « parti politique majeur ». « Essayez de construire des relations petit à petit », préconisait l'un de ses interlocuteurs au cours d'une communication interceptée par le FBI.

D'autres entretiens suggèrent que leur hiérarchie moscovite – désignée par l'initiale « C », pour le « centre », par les services secrets russes – redoutait de les voir s'établir dans une vie confortable à l'américaine et s'opposait fermement à ce que le couple pût acquérir la maison de Montclair. Lorsque les agents fédéraux ont investi le quartier, les voisins sont tombés des nues…

Même stupeur dans la grande banlieue de New York, lorsque Juan Lazaro et Vicky Pelaez, un ménage péruvien sans histoire qui résidait à Yonkers depuis vingt ans, ont été appréhendés menottes aux poings. Lui prétendait enseigner l'économie ; elle était journaliste et publiait régulièrement des articles enflammés en hommage à Fidel Castro dans le quotidien newyorkais de langue espagnole, *El Diario/La Prensa*. En 1985, détenue comme otage par les guérilleros du mouvement révolutionnaire communiste Tupac Amaru au Pérou, puis relâchée, elle avait fait la une des médias. La chaîne de télévision pour laquelle elle travaillait l'avait ultérieurement limogée, l'accusant d'avoir fomenté toute l'affaire… En l'absence de chef d'inculpation, tous deux ont été placés en détention provisoire. Des micros, dissimulés chez eux des années durant par le FBI, ont attesté « [de] communications et [de] transmissions radio avec Moscou ».

Rafael Ramirez, professeur à l'université d'Oxford et expert en technologies sensibles, s'est lui aussi laissé abuser par l'autorité prétendue d'un dénommé Donald Heathfield dans le domaine de l'Internet. Ce dernier vivait avec sa compagne et leurs deux fils à Cambridge, dans le Massachusetts. Ils procuraient à Moscou des éléments d'information visant les remaniements au sein de la CIA et l'élection présidentielle de 2008.

Mais c'est Anna Chapman, une rousse flamboyante aux allures de femme fatale, impérieuse Mata Hari des temps modernes, qui a surtout précipité l'offensive.

Divorcée, débarquant de Moscou à tout juste vingt-huit ans, cette grande adepte de Facebook se faisait passer pour une spécialiste des *start-up*. Le FBI la qualifie d'« agent hautement entraîné ». Chaque mercredi, depuis une librairie du West Village, elle correspondait par ordinateur interposé avec un contact posté à proximité dans une fourgonnette. Selon les termes mêmes des agents américains, l'« oiseau » s'apprêtait à quitter le territoire.

Le FBI décida donc de passer à l'action.

À vrai dire, ces interpellations en série se révélèrent à plus d'un titre épineuses, tant pour Barack Obama que pour le président russe. L'un donna l'impression d'être naïf et l'autre, hypocrite, car les événements se produisirent exactement cinq jours après qu'ils eurent affiché leur entente lors d'un déjeuner dans un fast-food de Washington, scellant la « relance » du dialogue russo-américain.

Si le président Obama s'irrita des circonstances de l'intervention, les enquêteurs du FBI, eux, craignirent que certaines cibles ne prennent la fuite. Ce vaste coup de filet antiespionnage, fruit d'une décennie d'investigations, porta un coup de projecteur inopiné sur les zones d'ombre des relations russo-américaines.

Cinq des dix personnes arrêtées comparurent immédiatement devant un juge fédéral, à New York. Poursuivis pour « conspiration dans le but d'agir comme agents de renseignements étrangers », ainsi que pour blanchiment d'argent, les suspects, pour la plupart d'origine russe, risquaient jusqu'à vingt-cinq ans de prison. Ils furent accusés de falsification d'identité et de tentative d'extorsion d'informations et de secrets d'État sous couvert d'une complète infiltration de la société américaine.

L'opération, baptisée « Programme des illégaux » par les enquêteurs, aurait été conçue dès la guerre froide par les services secrets soviétiques. Reconduite par le SVR[1], l'organe succédant au KGB[2] pour les actions extérieures, elle visait à gagner la confiance de personnalités liées aux cercles du pouvoir. Les prévenus auraient cherché à collecter des données couvrant aussi bien les programmes nucléaires que le profil des postulants à la CIA. Cependant, le fait qu'ils n'aient pas été convaincus d'espionnage indique qu'aucune information d'importance ne serait passée aux Russes. Rien à voir avec les éminents agents doubles Aldrich Ames et Robert Hanssen, arrêtés en 1994 et 2001, et incarcérés à vie après avoir fourni au Kremlin des documents ultrasecrets qui avaient conduit à l'élimination par les Russes de neuf grands agents travaillant pour Washington à Moscou.

Ces arrestations n'étonneront qu'à moitié ceux qui suivent les évolutions du renseignement. En effet, dans le but de tisser une toile aussi large qu'invisible, le Kremlin a toujours favorisé l'infiltration d'« illégaux ». Outre les dangers inhérents au « métier », ces agents secrets clandestins, opérant sans couverture diplomatique et utilisant le plus souvent de faux papiers, encourent de très lourdes peines s'ils se font

1. Service de renseignements extérieurs de Russie.
2. Service de renseignements de l'Union soviétique.

arrêter – à la différence des agents secrets « légaux », qui occupent officiellement une fonction subalterne dans une ambassade et qui risquent, au pire, l'expulsion.

Au cours de leurs patientes filatures, les enquêteurs ont découvert que les espions utilisaient des techniques de codage de données transmises sur des sites Internet anodins ou des radios à ondes courtes. Les agents se retrouvaient le plus souvent dans des squares de Manhattan, où ils s'échangeaient informations et argent par frôlements. Certains détails évoquent même les romans d'espionnage de la guerre froide, comme cette séquence où l'un des suspects abandonne sur le banc d'un parc d'Arlington une enveloppe de 5 000 dollars, récupérée par le FBI…

Mais une semaine après ces révélations, Moscou et Washington décidèrent d'en finir au plus vite avec ce scandale qui éclaboussait leurs relations. Les Russes acceptèrent de libérer quatre prisonniers convaincus d'espionnage pour des puissances occidentales. En contrepartie, les Américains transférèrent en Russie les dix agents appréhendés sur leur sol quelques jours auparavant. Quarante-huit heures après le dénouement de l'affaire, Washington jubilait. « Nous avons récupéré quatre très bons espions russes[1] », se félicita le vice-président américain, Joe Biden, regrettant, sur le ton de la plaisanterie, d'avoir laissé partir Anna Chapman, dont le joli minois avait émoustillé toute l'administration Obama. (Les éditeurs américains

1. Parmi eux figure Igor Soutiaguine, un spécialiste en armement arrêté en 1999.

déplorèrent plus prosaïquement qu'elle ait dû s'engager devant la justice, avant son départ pour Moscou, à ne pas révéler dans d'éventuels « mémoires » sa vie sentimentale agitée aux États-Unis !)

Ces circonstances confirmèrent que le SVR – les services secrets russes – demeurait la seule agence de renseignements au sein de la communauté internationale à faire appel à des « illégaux ». L'absence de protection officielle, notamment diplomatique, rendait ces derniers rapidement repérables (par le FBI, en l'occurrence), dès lors qu'ils s'approchaient de sources sensibles.

Cet ouvrage retrace les vicissitudes qui ont jalonné le parcours de ces agents secrets d'exception tout au long du XXe siècle. Jamais, ni avant ni après, les « illégaux » n'ont joué un rôle si décisif dans l'histoire, influençant le cours d'événements déterminants tels que la révolution russe, la Seconde Guerre mondiale ou encore la chute du mur de Berlin.

Introduction

« Quelles nouvelles de Philby ? »

> Pour qui prend-on les espions ? Pour des prêtres, des saints, des martyrs ? Non ! C'est un minable défilé d'imbéciles vaniteux, de traîtres aussi, oui ; [...] de sadiques, d'ivrognes, de types qui s'amusent à jouer aux cow-boys et aux Indiens pour mettre un peu de sel dans leur triste existence !

Ces propos de John Le Carré me viennent souvent à l'esprit, faisant écho aux conversations que j'ai eues avec un autre écrivain anglais installé dans le midi de la France. Cette rencontre remonte à l'époque de la guerre froide.

En 1950, lorsque je suis né, à Moscou, Staline dirigeait la Russie d'une main de fer. Par la suite, je suis devenu diplomate du Kremlin, avant d'achever ma carrière comme promoteur de la *perestroïka* sous Gorbatchev. Mais à l'aube des années 1970, j'étais passionné d'art et de littérature. Je n'avais pas encore trente ans et provoquais, chez mes interlocuteurs occidentaux, un mélange de suspicion, d'intérêt et de curiosité.

J'ai eu la chance, à l'époque, de fréquenter les monstres sacrés des arts et des lettres du XXe siècle. Ainsi me suis-je lié d'amitié avec Graham Greene, qui habitait Antibes.

Une image demeure gravée dans ma mémoire. Octobre 1978. Un port bleu. Une chaude journée d'automne. Un peu intimidé, je viens voir pour la première fois le célèbre romancier. Je me souviens comme si c'était hier d'une petite salle de restaurant aux boiseries anciennes, aux fenêtres tendues de rideaux de soie verte. Plus tard, nous avions pris l'habitude de nous y retrouver… Nos *zakouski* favoris, aux anchois et au bœuf fumé, nous attendaient déjà sur la table.

« Quelles nouvelles de Philby ? », me saluait d'emblée Graham Greene avec un sourire malicieux. De fait, au cours de nos déjeuners, mon interlocuteur revenait immanquablement sur son passé ; pas celui d'écrivain, mais celui d'espion.

Né en 1904, Graham Greene avait étudié à Oxford, s'était converti au catholicisme, puis avait rallié un temps la cellule locale du parti communiste. Diplômé, il avait collaboré au *Times* comme journaliste avant de devenir directeur littéraire du magazine *The Spectator*. En 1938 parut son roman *le Rocher de Brighton*, bientôt suivi par *l'Agent secret* (1939). Réformé pour inaptitude physique en 1941, il fut alors recruté par les services de renseignements anglais, en dépit de son militantisme de jeunesse.

Greene me raconta comment il avait rencontré en Sierra Leone son « officier traitant des services britanniques », qui n'était autre que le légendaire agent du KGB, Kim Philby. Il parlait toujours avec humour de sa formation d'officier de recrutement, évoquant ses années africaines. Cette expérience lui fournit d'ailleurs la matière d'un récit sur les services de renseignements publié en 1958, *Notre agent à La Havane*.

Il avait déjà exploité la même veine en écrivant *le Troisième Homme* à Vienne, en Autriche, sous la surveillance des Soviétiques qui le prenaient pour le responsable de l'antenne du MI6[1]. En 1955, il sortit son livre emblématique, *Un Américain bien tranquille*, inspiré par l'agent américain Edward Lansdale.

Lors de nos entrevues à Antibes, nous avons donc beaucoup parlé de l'espionnage, ce phénomène majeur du XXe siècle. Jamais auparavant, en effet, les espions n'avaient joué un rôle aussi important, « déterminant le cours de l'histoire mondiale », selon la formule de mon célèbre interlocuteur.

Moscou commença à mettre au point cette organisation en dépêchant en Occident de nombreux émissaires clandestins, chargés de préparer la « révolution mondiale ». Dans les années 1920, les activités de l'espionnage soviétique étaient menées par des bolcheviks au passé mythique. Les grands agents secrets furent souvent enrôlés par le Kremlin en raison de leur engagement idéologique ou patriotique. Ils permirent à Staline d'édifier très rapidement un réseau de renseignements international sans précédent. À tel

1. Département du Secret Intelligence Service, le Military Intelligence section 6 (MI6) est le service de renseignements extérieurs du Royaume-Uni (le MI5 étant chargé de la sécurité intérieure).

point que le dictateur rouge recevait les informations secrètes de l'Occident adressées au Premier ministre britannique ou au président des États-Unis avant qu'elles n'arrivent à leurs destinataires !

Plus tard, les « illégaux » de la guerre froide auront à endurer de longues années de formation pour se forger une fausse identité, parfaire une couverture impénétrable et se préparer pour les opérations à l'Ouest.

Mais dans les années 1920 ou 1930, leurs glorieux prédécesseurs, moins dépendants du formalisme bureaucratique, pouvaient prendre plus d'initiatives. Ces dispositions non conformistes facilitèrent souvent, du reste, le succès de leurs missions. En outre, ils avaient affaire à des cibles assez accessibles compte tenu de l'archaïsme des systèmes de sécurité occidentaux de l'entre-deux-guerres. Dans ce contexte, le discernement personnel de ces « grands illégaux » put donner à leurs opérations un caractère surprenant. Ils eurent parfois même des élans romantiques peu compatibles avec leur condition d'agent secret ! Certains de ces as du renseignement étaient russes ; d'autres, d'origine étrangère, venus d'Europe centrale et parlant plusieurs langues. Ils avaient adhéré clandestinement à l'Internationale communiste avant de collaborer avec les services secrets du Kremlin, en communiant dans la foi marxiste.

Arnold Deutsch, le principal recruteur d'étudiants et de jeunes diplômés de Cambridge, était un Juif autrichien. Richard Sorge, l'« illégal » qui réussit le mieux au sein des renseignements militaires, était allemand. Ce dernier accomplit l'essentiel de ses hauts faits au Japon, où il passait pour un journaliste nazi. Mais la plupart des prouesses des « illégaux » du Kremlin eurent pour théâtre l'Europe, devenue le véritable fief des réseaux d'espionnage. Ces agents clandestins cosmopolites entrèrent dans la légende grâce à leurs remarquables capacités d'enrôlement de jeunes agents qualifiés et zélateurs.

Soulignons enfin que les services secrets du Kremlin doivent à des « illégaux » l'institution de certaines de leurs méthodes telles que l'infiltration tous azimuts, le retournement, le recours à des agents « idéologiques », recrutés notamment via les filières de l'Internationale communiste, l'usage de drogues et de poisons, etc.

Avec Graham Greene, nous nous sommes ainsi amusés à établir une liste symbolique des « agents secrets qui ont changé le siècle », une sorte de « panthéon de l'espionnage ». Un inventaire loin d'être exhaustif, bien sûr, et qui fut inspiré, au fil du temps, par nos entretiens… C'est en souvenir de ces rencontres inoubliables que j'ai souhaité évoquer ici ce fameux « siècle des espions », qui s'ouvre sur la révolution bolchevique d'octobre 1917 et s'achève en 1991 avec la chute de l'URSS. Il y a vingt ans déjà…

Si les développements de l'histoire constituent la trame naturelle de ce *Roman de l'espionnage*, sa cohérence relève également de règles de composition précises : unité de lieu (la Russie, l'Europe), de temps (le XXe siècle) et, finalement, de propos (la condition d'agent secret).

Nous avons aussi eu l'impression que les événements se déployaient telle une symphonie en cinq mouvements interprétée par « l'orchestre rouge des espions ». D'emblée, la « Belle Époque des illégaux », à travers leur représentant emblématique Dimitri Bystroletov, nous fait pénétrer la psychologie, les états d'âme, les turpitudes, le destin souvent tragique aussi de ces agents. Puis, au fil des intrigues politiques, les « cinq de Cambridge » nous emportent, en un mouvement crescendo, au sommet de l'espionnage. Le récit s'ouvre ensuite sur l'activité méconnue des transfuges, ces hommes du KGB ralliés à l'Occident. Viennent alors le crépuscule de l'empire soviétique, la chute du mur de Berlin et l'effondrement de l'URSS. Enfin, l'éternel retour du KGB – qui se profile derrière l'homme fort de la Russie d'aujourd'hui, Vladimir Poutine, dont nous révélons ainsi la face cachée – conclut la longue histoire de ce pays…

1.
La « Belle Époque des illégaux »

Au nom des codes secrets

Dès les années 1920, le plus flamboyant des « grands illégaux » soviétiques, Dimitri Bystroletov, agissait comme principal pourvoyeur de codes secrets diplomatiques. Identifié par les pseudonymes « Hans » ou « André », il opérait à l'étranger sous divers noms d'emprunt, avec de faux titres de noblesse.

Né en 1901, cet extraverti à l'élégance incomparable, parlant couramment plusieurs langues, était le fils naturel d'une Cosaque et – finit-il par s'en convaincre – du poète et dramaturge à succès, le comte Alexis Tolstoï.

Bystroletov établissait promptement d'étroites relations avec les femmes et – selon la formule de ses supérieurs – partageait « allègrement leur lit ». En 1927, ce fut sur le chemin de Prague que ce parangon de l'espionnage fit sa première conquête professionnelle notable en séduisant une jeune Française de vingt-neuf ans, désignée par le nom de code « Laroche », secrétaire d'ambassade en Tchécoslovaquie. « Laroche » lui procura ainsi, durant les deux années qui suivirent, des copies du chiffre[1] diplomatique français et des communications secrètes.

1. Le « chiffre » désigne les signes de convention utilisés pour rédiger des messages dans une écriture secrète. Le « service du chiffre » chiffre et déchiffre les messages confidentiels.

Le 30 avril 1931, un petit homme au nez rubicond s'engouffra dans un taxi parisien et se rendit sur-le-champ à l'ambassade soviétique, où il demanda à rencontrer l'attaché militaire. Son complet vert tranchait de manière saisissante avec son porte-documents fauve. Cet homme d'affaires et aventurier suisse – ou supposé tel – était en réalité Giovanni De Ry, nom de code « Rossi ».

« Cette serviette contient le chiffre et les codes secrets italiens, annonça-t-il. Vous détenez certainement des copies de télégrammes chiffrés de l'ambassade d'Italie. Prenez ces pièces et vérifiez-en l'authenticité. Quand vous en serez assuré, faites-en des clichés et remettez-moi 200 000 francs. »

De Ry proposa également, moyennant une somme équivalente, de fournir le prochain chiffre italien.

L'attaché militaire emporta les documents dans un bureau attenant où sa femme les photographia. Puis, affectant d'être indigné par ces « faux », le qualifiant d'escroc, le menaçant même d'alerter séance tenante la police… il les lui restitua. Quelle bévue ! L'hypothétique agent disparut sans laisser d'adresse…

Cet impair provoqua la colère du Kremlin, et le dictateur rouge, Staline, consigna au crayon sur le rapport, de sa propre main, l'instruction : « Rouvrir le dossier ». Partant, un espion aguerri – Dimitri Bystroletov – fut sommé de se rendre à Paris pour découvrir l'identité du mystérieux visiteur et rétablir le contact avec lui, afin de lui soutirer de nouveaux codes.

« Débrouillez-vous pour le trouver, lui intima le chef des services secrets. Je vous donne six mois. »

Dimitri dénicha De Ry en Suisse. Persuadé que celui-ci, après une telle mésaventure, ne voudrait plus entendre parler des Soviétiques, notre maître espion décida d'utiliser la technique dite, dans le jargon du renseignement, du « faux pavillon », en l'occurrence japonais. Giovanni De Ry accepta, bien qu'il ne fût pas longtemps dupe, de négocier d'autres codes italiens – son fournisseur, expliqua-t-il, était un diplomate italien corrompu. Il fut payé en retour de 200 000 francs français…

À l'époque, Dimitri eut également pour mission de pénétrer les milieux russes en France ; mais il travailla en outre à Londres, à Berlin, à Madrid et même au Proche-Orient.

Les Russes de Paris

Au début des années 1930, Dimitri Bystroletov s'était fait de nombreux amis à Paris, et en particulier aux « Langues O[1] », comme il disait d'ordinaire familièrement. Il leur avait promis de les rejoindre après le déjeuner qu'ils devaient prendre tous ensemble à l'Odéon.

L'hiver 1932 fut glacial. Confortablement installé dans l'appartement que réchauffaient poêles et cheminées, Dimitri goûtait la douceur d'être, pour un temps, à l'abri des remous du monde de Staline. Il avait trouvé des patins au marché aux puces et décida de les essayer sur le lac gelé du bois de Boulogne. Avec sa toque de fourrure, le jeune homme fit sensation. La glace crissait sous la lame adroite de ses patins. Preste, il exécutait des figures, retrouvant les plaisirs hivernaux de sa Russie natale.

Parmi le petit groupe d'étudiants qui l'applaudissait, Dimitri n'eut aucun mal à reconnaître la physionomie princière d'Eugène Panine que tout le monde appelait familièrement, à la russe, « Génia[2] ». Sa noble

---

1. Les services du Kremlin rodaient déjà leur future stratégie d'infiltration via de grandes écoles comme Cambridge ou les Langues orientales.

2. Bien plus tard – dans les années 1970 –, j'ai personnellement connu cet ardent personnage devenu un éminent orientaliste à Moscou. J'utilise

allure et son visage altier frappaient ses interlocuteurs. Un front haut, un nez droit et fin surmontaient une bouche sensuelle. On reconnaissait surtout les pommettes et les arcades sourcilières bien marquées, qu'un autre Russe de Paris, le peintre Poliakoff, avait croquées en quelques traits vigoureux. Mais son crayon n'avait pu rendre le charme trouble des yeux gris ourlés de longs cils noirs. Avec sa casquette d'ouvrier posée de côté sur ses cheveux bouclés, cet Eugène avait un genre sauvage et, tout bien réfléchi, un peu dérangeant. Les jeunes femmes n'avaient guère aimé la façon dont il les avait détaillées des pieds à la tête, d'un regard appréciateur et un peu trop appuyé.

Ce beau garçon appartenait à l'une des plus vieilles familles de Russie. Son père, colonel de la garde du tsar, avait été sauvagement tué par les bolcheviks dès les premiers affrontements de la révolution. Il était alors devenu pupille de la famille impériale qui l'avait envoyé faire ses études à Paris. Il avait été naturalisé Français grâce à sa grand-mère qui avait épousé son amant de longue date, un député célèbre pour ses effets de rhétorique à la Chambre.

Muni d'un passeport français, le jeune homme était resté profondément russe. D'ailleurs, Dimitri Bystroletov et lui se comprenaient parfaitement. Leur vrai bonheur consistait à déceler dans Paris mille ressemblances, réelles ou imaginaires, avec Moscou et Saint-Pétersbourg.

---

ici l'un de ses pseudonymes, à la demande de sa famille qui m'a livré de précieuses indications permettant de mener à bien cette enquête.

Le ciel laissait à penser que la neige allait venir, mais le soleil, bien décidé à régner sur cette journée, balaya des esprits ce sentiment et étendit avec force ses rayons. Eugène prit la main de son amie Marie et tous deux glissèrent enlacés sur le lac gelé du bois de Boulogne. Ils formaient un seul corps ; la jeune fille, d'origine russe comme lui, s'abandonnait à la vigueur de son cavalier. Emportés par la musique, visage au vent et narines dilatées, ils semblaient survoler la glace bleue. Un couple superbe et contrasté : lui, si brun et farouche ; elle, si blonde et fragile.

Eugène avait un sens tout oriental de la fête. Sûr de lui, sûr de son nom qui lui ouvrait toutes les portes, il menait dans Paris des nuits de noctambule, dont il n'émergeait que tard dans l'après-midi pour entraîner toute une joyeuse bande avec lui. Ce petit monde cosmopolite convenait parfaitement à sa romantique amie qui y faisait figure d'héroïne.

Douée pour les langues, Marie réussit ses examens de fin d'année haut la main, mettant fin aux quelques critiques que son père, honorable médecin, avait émises à propos de ses fréquentations. Le comportement d'Eugène tracassait ce dernier. De fait, le jeune trublion ne cherchait aucunement à s'intégrer à la société française et affichait partout sa double identité avec une insolence et une provocation typiquement russo-orientales.

Le couple fit une entrée remarquée au bal de la Croix-Rouge russe, qui avait lieu, comme chaque année, à l'hôtel *Lutetia*. Eugène, drapé dans une djellaba immaculée, tel un seigneur du désert, escortait

Marie déguisée en kadine du sultan. Sa blondeur, son teint diaphane sous son caftan turquoise brodé d'or et ses pieds minuscules chaussés d'adorables babouches lui donnaient l'air de sortir d'un roman de Loti.

« *Aziyadé* ou *les Désenchantées* ? », ironisa Dimitri Bystroletov.

Marie se retourna brusquement et dévisagea l'ami d'Eugène, qui fut littéralement frappé par son regard, non moins narquois que le sien.

« Méchant ou envieux ? », répliqua-t-elle.

Il haussa les épaules et jeta un œil sombre sur l'estrade où Eugène paradait déjà…

Quelques minutes plus tard, le couple se voyait désigné à l'unanimité pour mener les enchères qui couronnaient traditionnellement la soirée donnée au profit des blessés et des démunis. Et Dieu sait s'il y en avait dans cette colonie russe où l'on comptait nombre de nobles ruinés, d'hommes politiques exilés, de comtes et de princes devenus chauffeurs de taxi, d'officiers travaillant sur les chaînes des usines Renault !

Marie, toute timidité enfuie, présentait gracieusement les titres et la mise à prix des tableaux proposés à la générosité des donateurs. Eugène fit monter talentueusement les enchères. Toutes les toiles trouvèrent preneur – des œuvres de Kandinsky, de Chagall, de Sonia et Robert Delaunay, et toute une pléiade d'artistes proches de Diaghilev, qui avaient offert à Paris et à l'Europe, comme le dernier scintillement d'un monde en train de sombrer, la splendeur des Ballets russes et l'avènement de l'expressionnisme.

La soirée touchait à sa fin. L'aube humide avait alourdi les plis des nappes blanches, posé une buée sur les verres et les carafes, réveillé d'un ultime éclat les gros bouquets de fleurs adroitement noués.

Le couple admira un instant la ligne de partage entre le jour et la nuit, que traçait dans le lointain l'aurore aux doigts de rose des versions grecques d'autrefois.

« Dimitri, c'est un Lotophage, confia mystérieusement Marie à son ami. Tu sais, précisa-t-elle de sa voix bien posée, ce peuple fabuleux dont parle Homère dans l'*Odyssée*. Les Lotophages offraient aux voyageurs des fruits de lotus si savoureux qu'ils en oubliaient aussitôt leur patrie. Eux, en revanche, n'oubliaient jamais la leur qu'ils enrichissaient ainsi du travail de mille captifs envoûtés par leur charme. »

Depuis, entre eux, ils surnommaient Dimitri « le Lotophage », surtout quand ils le voyaient les attendre, assis sur le capot d'une voiture improbable, jamais la même…

Les « Eurasiens »

À l'époque, tout un groupe d'aristocrates et d'intellectuels russes propageait l'idée que la Russie devait se démarquer de l'Occident et rechercher sa propre voie entre l'Europe et l'Asie, avec lesquelles elle partageait certains traits culturels et linguistiques. On appelait ces théoriciens les « Eurasiens ». À Paris, Dimitri se faisait passer pour un inconditionnel de ce mouvement. On savait qu'il avait été volontaire dans l'armée des Blancs. Tout bien considéré, il était remarquablement discret sur ses origines et ses appartenances. Il n'avait apparemment pas de problèmes d'argent et en faisait généreusement profiter ses amis, qui ne se demandaient pas spécialement comment il se le procurait.

Dimitri donna une nouvelle dimension aux escapades d'Eugène et Marie. Il connaissait le Tout-Paris et avait des idées sur tout. Il n'avait pas son pareil pour organiser une séance d'essayage de robes ou de chapeaux, faisant tourner en bourrique modistes et couturières par ses exigences. Il entraîna même ses amis dans les salons de Mademoiselle Chanel, vantant le génie naissant de cette femme étrange et obstinée à délivrer ses semblables du carcan des convenances vestimentaires.

À vrai dire, ce jeune homme énigmatique faisait tout pour séduire son entourage. Mais à la différence d'Eugène, visiblement sous le charme, Marie le regardait froidement s'agiter et discourir, insensible à ses allures anguleuses et inspirées qui, habituellement, impressionnaient tant les demoiselles.

Ils parlaient souvent de la Russie et de l'Occident, de l'art, de l'amour…

« Entre la Russie et la liberté, que choisirais-tu ?, demandait impromptu Eugène à Dimitri.

— La Russie, toujours ! », s'écriait ce dernier avec passion…

Constamment entre deux mondes, entre deux factions, entre deux idées, Dimitri entreprenait de disculper la terreur rouge sous prétexte que les bolcheviks avaient su sauvegarder l'essentiel : l'Empire. Mi-Rouge, mi-Blanc, alors.

« Serviteur de deux maîtres ?, persiflait Marie, sans indulgence pour les errements d'une pensée aussi voltigeuse.

— Ou serviteur de deux maîtresses ? », reprenait-il, changeant brusquement de conversation.

Ses amis buvaient leur thé, Dimitri se faisait servir du vin, et ils parlaient jusqu'à ce que Marie titubât de sommeil et priât Eugène de la raccompagner chez elle. Quand elle s'éveillait quelques heures plus tard dans son lit bateau de jeune fille, elle laissait, rêveuse, son regard se perdre dans le ciel de l'alcôve tendue de soie bayadère jaune et bleue. Elle percevait que l'amitié qui unissait Eugène et Dimitri prenait imperceptiblement une autre tournure, plus politique ; et elle se sentait exclue de cette nouvelle complicité, encore indéfinissable.

Le lendemain, ils se retrouvaient pour une virée dans le Paris russe et canaille de Boulogne et de Billancourt. Les deux faubourgs accueillaient nombre de leurs compatriotes. Le philosophe Nicolas Berdiaev habitait Clamart ; la poétesse Tsvetaïeva, Meudon ; Nina Berberova vivait à Billancourt... Quant à la communauté des vieux ritualistes, héritiers des fidèles orthodoxes qui refusèrent les réformes liturgiques introduites par le patriarche Nikon au XVIIe siècle, elle s'était installée à Noisy.

Boulogne possédait un bois et un champ de courses. On y accédait par une large avenue bordée d'arbres et de pelouses. Billancourt abritait les usines Renault ; des tavernes russes et pauvres bordaient une rue commerçante laide et sale. Parfois, les jeunes gens se rendaient dans des quartiers plus prestigieux, chez l'écrivain mystique Merejkovski et son épouse, la poétesse Hippius.

Ceux-ci recevaient de cinq à sept tous les dimanches, au 2 bis de l'avenue du Colonel-Bonnet, dans le XVIe arrondissement, dans un appartement acheté avant la guerre. En s'y installant à nouveau après la révolution bolchevique, ils avaient eu la joie d'y retrouver leur bibliothèque et leurs bibelots. Assis au bout d'une grande table, l'écrivain présidait, tel un sultan. Perchée sur le bras du fauteuil de son auguste époux, la poétesse pérorait, faisant et défaisant les conversations. Elle croisait haut ses jambes et portait avec audace les tenues les plus provocantes de ces Années folles. Ses cheveux étaient coupés à la garçonne ; une émeraude pendait sur son front, entre ses sourcils de jais. Un maquillage charbonneux lui assombrissait l'œil et ses ongles laqués de rouge maniaient son fume-cigarette comme une fine arme de poing.

Le maître de maison animait les débats d'idées, tandis que Zinaïda Hippius s'entourait d'un cercle de jeunes poètes parmi lesquels elle aimait à exercer son influence. Ce fut d'ailleurs au cours d'un de ces cinq à sept qu'un écrivain avait proposé, en 1934, de réunir les cent vingt-quatre auteurs qu'il avait recensés (on lui reprocha aussitôt de nombreux oublis) en une « Académie littéraire de la Russie hors frontières » – académie divisée en trois sections : les « aînés », qui avaient une réputation assise dès avant la révolution ; les « candidats », qui avaient tout juste débuté avant l'exil ; les « jeunes pousses », comme Eugène, dont la vocation littéraire s'était manifestée ou précisée dans l'émigration. Cette académie ne vit jamais le jour, mais, en dépit de ses ambiguïtés, la classification proposée fut retenue. À la vérité, la vie des écrivains était difficile et inconciliable avec ces constructions académiques quelque peu artificielles.

Pauvres et riches, chanceux ou désespérés, se réunissaient à Paris dans des lieux publics, au restaurant *Dominique*, 19, rue Bréa, ou rue Daru avec son église à bulbes dorés et ses petits bistrots où l'on pouvait goûter la fameuse vodka Riabinovka aux baies sauvages, dont la saveur amère correspond si bien à l'infinie nostalgie qui habite tout exilé russe. Beaucoup de ces émigrés s'étaient également regroupés dans le Midi, à Nice, dans le quartier de la cathédrale orthodoxe et de l'ancienne résidence des tsars. Des Russes de toutes conditions vivaient là, à l'ombre des coupoles turquoise et or, entre leurs icônes et leurs samovars, seuls vestiges des splendeurs de Moscou et de Saint-Pétersbourg. Les plus riches sur les hauteurs, les plus pauvres non loin de la mer.

À l'époque, le quartier parisien du Montparnasse devint très prisé ; de nouveaux cabarets, restaurants et cafés s'y ouvrirent, comme *Le Parnasse* ou le café *Caméléon*, lieu privilégié de débats littéraires et artistiques. Cependant, la majorité des Russes (nouvellement arrivés après le coup d'État bolchevique) vivait loin de ces fastes. Ils logeaient dans des hôtels miteux, fréquentant leur cantine ou parfois *La Rotonde*. « Je ne participe pas, je n'existe pas en ce monde. Je vis au café, comme les ivrognes », écrivait le poète Boris Poplavski, un autre ami de Dimitri…

Au gré des fantaisies et de la bourse de Dimitri, la joyeuse bande d'amis passait d'un restaurant à l'autre. Ils se retrouvèrent un soir dans la petite taverne où la chanteuse Praskovia Gavrilovna, qui avait fait les beaux jours des fameux cabarets *Yar* et *Strelna* de Moscou, finissait misérablement sa carrière. Avec le peu de voix qui lui restait, elle chantait sa nostalgie, encadrée de deux guitaristes tziganes. La nappe était maculée, les chaises bancales, mais le timbre cassé de la Gavrilovna, malgré ses soixante ans passés, remuait de vieux souvenirs dans le cœur des exilés, qui faisaient toute la clientèle d'habitués. Dans ce piètre décor, les serveuses étaient pourtant toutes plus jolies les unes que les autres. L'œil d'Eugène s'alluma, et le beau visage de Marie se ferma. Dimitri faisait de louables efforts pour détourner l'attention de son ami des filles qui, amusées et provocantes, roulaient autour de la table leurs formes opulentes.

Ce soir-là, pourtant, Eugène et Marie avaient tous deux de bonnes nouvelles à annoncer : la jeune fille avait obtenu une bourse des Langues orientales pour partir en Égypte étudier les dialectes arabes. Quant à Eugène, il venait d'être admis au Quai d'Orsay et espérait pouvoir la rejoindre.

« Voici qu'une lumière paraît à la fenêtre ; c'est l'Orient, Juliette est le soleil », déclama Eugène pour se faire pardonner ses œillades volages. Marie lui sourit de tout son cœur. Elle était incapable de lui résister.

La nouvelle était d'importance : les parents de Marie avaient posé cette condition pour consentir à des fiançailles qui leur semblaient un peu précoces. Pour cette fois, le jeune couple tourna donc la roue du destin. Tous deux prirent le train en direction de Marseille…

Eugène et Marie passèrent un long moment devant la fenêtre du couloir ; du rose perçait dans les ténèbres d'un ciel orageux, les réverbères éclairaient les drapeaux tricolores. Lorsqu'ils furent installés dans leur compartiment, quelqu'un frappa. Leur ami Dimitri apparut dans l'encadrement de la porte.

« J'ai décidé de vous faire la surprise ! Moi aussi, je pars, mais pour beaucoup plus loin que vous.

— Vous êtes incorrigible, répondit Marie. Où l'oiseau compte-t-il s'envoler, cette fois ?

— Vraisemblablement en Argentine, où l'un de mes amis de l'école des cadets vient d'acheter un élevage. Il m'a proposé de devenir son associé… »

Puis il offrit d'aller dîner. Les derniers rayons d'un soleil délavé par la pluie dansaient dans le verre de pouilly fumé, qui reflétait le monogramme des chemins de fer français gravé sur la vitre. Marie restait silencieuse, semblant lire sur le visage de Dimitri cette expression de désespoir qui hante l'homme de nulle part…

Le train s'arrêta dans une petite gare. Tous trois demeurèrent quelques instants immobiles, comme paralysés. Puis Dimitri sauta du wagon sans se retourner. Eugène le vit de dos ; le vent s'engouffrait dans son manteau couleur miel, il marchait vite. Lorsque le train le dépassa, le couple aperçut son visage volontaire, presque féroce, et suivit sa silhouette jusqu'à ce qu'elle disparût dans la nuit. À mesure qu'ils s'approchèrent de Marseille, un flot de lumières, de couleurs et de senteurs fleuries chassèrent les souvenirs de la veille.

Un an plus tard, après leur retour d'Égypte, Eugène et Marie se marièrent et le jeune diplomate fut nommé attaché à l'ambassade de France à Londres. Quant à Dimitri, il semblait s'être volatilisé dans la nature. D'ailleurs, avant de partir, il avait parfaitement résumé son état d'esprit :

« Je suis juste un soldat disparu au combat… »

Londres-Paris

La vie que le couple menait à Londres n'était pas dépourvue d'intérêt. Un véritable tourbillon mondain…

Au bal annuel de Cambridge, ils avaient fait la connaissance d'un étudiant de l'école militaire de Woolwich. Un beau jeune homme svelte aux yeux noirs fendus en amande, qui prétendait être un prince arabe. Marie et Eugène n'en demandaient pas tant. Ils se mirent à l'appeler « Ton Altesse » avec une affectueuse désinvolture, et Farouk fut désormais de toutes leurs sorties.

Leur nouvel ami avait toujours une foule de choses amusantes à raconter. Il leur détailla le rituel des fêtes de fin d'année de la famille royale britannique à Sandringham, où il affirmait avoir été convié par le roi George et la reine Marie. Il conta la distribution de bœuf aux employés du domaine, les rôtis disposés sur de grandes tables agrémentées de houx. Puis la messe matinale, où ils se rendaient tous en procession, et la remise des cadeaux dans la salle de bal.

« Tu ne me crois pas ?, demanda Farouk à Marie. La prochaine fois que tu verras la reine, demande-lui donc des nouvelles de Charlotte.

— Et peux-tu me dire qui est cette Charlotte ?

— C'est le perroquet de Sa Majesté, ma chère. Pendant la saison de chasse, l'étiquette est moins stricte et les repas moins formels. Charlotte y est pour beaucoup, car tout le monde rit de l'entendre interpeller les domestiques et les chiens, ou encore clamer que les mets sont exquis, avec la voix et les intonations de sa maîtresse ! »

Marie et Eugène ne savaient trop s'il disait vrai lorsqu'il donnait ses impressions sur la famille royale ou se vantait d'effrayer les filles de la bonne société britannique en roulant à toute allure dans sa Bentley. Mais il était fidèle en amitié et, selon leur philosophie, on prenait les amis tels qu'ils étaient, sans se poser de questions et surtout sans leur en poser. C'était d'ailleurs ainsi qu'ils avaient traité autrefois leur compagnon parisien, Dimitri Bystroletov…

Marie se rendait à Paris aussi souvent qu'elle le pouvait. Ses escapades duraient quelques semaines, puis elle revenait. Elle avait besoin, disait-elle, de retrouver périodiquement l'appartement du boulevard Haussmann et l'ambiance russe des milieux émigrés parisiens. Dans sa quête d'une Russie qu'elle idéalisait de plus en plus, elle fréquentait assidûment la faune pittoresque des intellectuels russes qu'elle retrouvait dans les cafés de Montparnasse.

Au café *Voltaire*, au cours d'une de ces soirées littéraires qui lui manquaient tellement à Londres, elle avait écouté le poète emblématique de la Russie soviétique, Maïakovski, déclamer des vers. Elle y avait aussi rencontré la poétesse Marina Tsvetaïeva qui jugeait comme elle qu'il y avait de la force dans une Russie capable de produire des artistes tels que Maïakovski. Marie avait alors violemment pris parti pour cette femme dont les déclarations faisaient scandale dans les milieux parisiens de l'émigration.

En avril 1936, Marie se trouvait à Londres quand Farouk était entré, la mine singulièrement grave, dans le salon.

« Ma chère Marie, je vous ai dit que j'étais prince, n'est-ce pas ? Eh bien aujourd'hui, une couronne et un royaume viennent de m'échoir.

— Ma foi, ce sont des choses qui arrivent aux princes, plaisanta Marie qui n'en croyait pas un mot.

— J'ai reçu hier un télégramme de la reine Nazli m'annonçant la mort de mon père. Je suis désormais roi d'Égypte. »

Le soir même, l'ambassadeur de France à Londres convia Marie et Eugène à sa table. Il évoqua avec malice leur passion pour l'Orient et finit par reprocher gentiment à Eugène de lui avoir fait des cachotteries.

« Vous êtes d'une discrétion de violette, mon cher. Pourquoi diable ne m'avez-vous pas informé de votre amitié, que l'on dit vive et réciproque, pour le jeune roi Farouk ? Votre carrière ne peut que mieux s'en porter ! »

Eugène bafouilla un mot d'excuse et n'osa avouer qu'il n'avait pas cherché à en savoir davantage sur les origines princières de leur ami. Autant Farouk était bavard sur ses bonnes fortunes anglaises, autant il était réticent à parler de son pays. Peut-être n'étaient-ils d'ailleurs devenus si intimes qu'en vertu de ce respect mutuel, de cette connivence d'exilés, de cette convention tacite qui les empêchait de se questionner ?

« Mon jeune ami, reprit l'ambassadeur en prenant le bras d'Eugène, vous êtes un diplomate brillant apparemment promis à un grand avenir. Vous concevez, naturellement, que cette intimité avec le souverain égyptien représente un atout majeur pour la France.

« L'Égypte est en effet le champ de confrontation des intérêts des plus grandes puissances européennes. Beaucoup de choses dépendront de la politique que mènera ce roi.

« Dois-je vous dire qu'il a d'ores et déjà entrepris une démarche très insolite en me signifiant, lorsque je l'ai croisé hier au palais de Buckingham, qu'il apprécierait de vous retrouver bientôt au Caire ?

« Mon cher, votre carrière est assurée ! Vous comprendrez que ce genre de demande ne peut demeurer sans suite. J'ai transmis immédiatement la requête royale au Quai. Préparez donc vos bagages pour l'Égypte ! »

Dès le lendemain, Eugène partit pour Paris assister, à l'ambassade d'Égypte, à la cérémonie de condoléances du président de la République, Albert Lebrun, au jeune prince Farouk. C'est là qu'il fut présenté au ministre des Affaires étrangères, Pierre-Étienne Flandin. Celui-ci annonça officiellement à cette occasion qu'Eugène était nommé consul de France au Caire.

Les mystères du Caire

Le départ fut précipité, car ses supérieurs désiraient qu'Eugène assistât aux funérailles du roi Fouad. Marie demeura à Paris dans l'intervalle, préoccupée à l'idée de devoir retourner au Caire. Elle finit par le rejoindre à temps pour prendre part aux noces royales.

Son mari avait progressé dans ses relations avec le gotha du Caire. Le fait de parler arabe sans accent lui ouvrait toutes les portes. Dans les lettres que Marie adressait à ses parents, à cette époque, il était beaucoup question du vieux rêve de panarabisme. Farouk souhaitait recréer un vaste empire qui relierait l'Afrique et l'Asie.

Marie parlait de l'Islam, du désir du jeune roi de renouer avec une sorte de califat. Elle louait Eugène d'avoir su rester un Lawrence d'Arabie repensé à la française, de porter le caftan pour se rendre au palais plutôt que de jouer les diplomates en gilet.

Le Quai d'Orsay ne tarissait pas d'éloges sur le consul qui l'informait au fur et à mesure des dispositions prises par le nouveau souverain. Eugène signalait chez Farouk une réelle frustration de voir son pays sous la tutelle britannique. Les rêves de grandeur de son ami lui rappelaient ses propres humiliations d'émigré russe et ses aspirations pour sa patrie, autrefois si puissante.

Dans une de ses lettres, Marie s'était pourtant plainte du climat de suspicion qui entourait son époux du fait de l'extraordinaire amitié que lui portait le roi Farouk. On murmurait au palais, mais aussi dans les milieux diplomatiques français. Elle évoquait des jalousies, des rivalités de couloir. Rien n'indiquait alors qu'Eugène pût, beaucoup plus tard, être soupçonné par l'un ou l'autre camp d'entretenir des liens avec l'Union soviétique.

Farouk fut sacré roi le 29 juillet 1937, date à laquelle il atteignit sa majorité, et donc l'âge de prêter serment. Eugène demeura son confident. À l'époque, le souverain recherchait celle qui serait digne de monter sur le trône à ses côtés et lui donnerait un héritier. Il jeta son dévolu sur la belle Farida Zulfikar, qui avait fait ses études chez les religieuses françaises de Notre-Dame de Sion, comme autrefois la reine Nazli. Marie était très fière d'avoir été chargée de conseiller la mariée sur le choix de sa robe de cour. Son voile de soie arachnéen avait été jadis offert par l'impératrice Eugénie à l'une des filles d'Ismaïl, lors de l'inauguration du canal de Suez.

Les noces durèrent trois jours. Eugène et Marie furent de toutes les festivités. Des banquets avaient été dressés un peu partout dans la ville ; on passa les troupes en revue ; une bataille de fleurs fut organisée sous les fenêtres du palais ; des feux d'artifice furent tirés sur les bords du Nil.

Cependant, le roi Farouk décevait beaucoup Marie. Il ne restait rien du jeune prince élégant et sportif qu'elle avait connu. Il pesait à présent quelque cent trente kilos. Ses traits étaient marqués par les vices et les plaisirs. D'étranges histoires couraient à son sujet : on racontait qu'il avait envoyé un officier dont il convoitait la femme se battre au Soudan, comme David envoya Urie à la mort pour posséder Bethsabée. On disait qu'il faisait disparaître ses maîtresses quand elles avaient cessé de lui plaire. Ainsi la belle Camélia, une artiste de cabaret dont l'avion s'écrasa inexplicablement dans la campagne romaine. Les cabarets et les boîtes de nuit du Caire étaient devenus de hauts lieux diplomatiques. Marie s'inquiétait surtout de voir son époux soumis à l'influence du roi...

Peu après, elle vint, seule, faire un séjour en France. Ses lettres la montrent alors en proie à un violent tourment. À la cathédrale Saint-Nicolas de Nice où elle descendit, elle retrouva le père Sergueï Boulgakov, le guide spirituel de l'émigration russe, qu'elle avait déjà rencontré à Paris où il était professeur à l'Institut de théologie orthodoxe. Il lui prêcha la patience :

« Porte la croix et porte-la avec joie et gratitude. Le monde entier est déjà ressuscité, mais ne le sait pas. Garde-toi de désespérer. Nourris-toi de ce secret. »

Marie fut profondément transformée par ce voyage. Durant les mois qui suivirent son retour, elle établit des rapports étroits avec les ecclésiastiques orthodoxes et coptes du Caire. Elle y trouvait de l'apaisement et recherchait par-dessus tout la compagnie de Tykhon, un vieux moine qui avait autrefois rejoint la Mission russe en Palestine et qui s'était fait *yourodivi*,

« fol en Christ ». Mendiant, une icône de la Vierge pendue au cou, il parcourait les rues de la vieille ville en prophétisant.

Marie devint encore plus fantasque et idéaliste que d'ordinaire. Son drame était, sans doute, ce rêve de revenir dans le pays de ses parents, cette Russie éternelle qu'elle imaginait inchangée, par-delà les guerres et l'exil.

Quand la guerre d'Espagne éclata et que le Front populaire arriva au pouvoir en France, Marie se rangea résolument aux côtés des intellectuels engagés contre le fascisme. Elle se consumait pour une Russie onirique. Quand Eugène lui disait que le jardin du Luxembourg lui rappelait le jardin d'Été à Saint-Pétersbourg, son imagination s'enflammait.

À vrai dire, Marie et Eugène avaient toujours pensé que sous le masque du communisme existait une Russie authentique qui ne demandait qu'à renaître de ses cendres.

La Grande Terreur

Les rêves d'Eugène et de Marie se trouvaient aux antipodes de la brutale réalité.

Ce fut leur énigmatique ami parisien, Dimitri Bystroletov, qui, le premier, se heurta à l'URSS de Staline. En s'échappant du train à destination de Marseille, il ne s'était pas rendu en Argentine. Il avait fait le va-et-vient entre Madrid et les autres capitales européennes afin de recruter des volontaires pour les Brigades internationales dans le cadre de la guerre d'Espagne. Puis il revint à Moscou car il avait été compromis, à Paris, dans l'« affaire Skobline » mise au jour par les services français du contre-espionnage.

Dimitri coopérait en effet étroitement avec un agent secret d'importance, dont la fibre patriotique, l'attachement inconditionnel à la grandeur de la Russie, au-delà des aléas politiques, avaient séduit le Kremlin.

Comme Bystroletov, le général Skobline avait rejoint l'Armée blanche lors de la révolution bolchevique. Il y commandait une division et sauva du peloton d'exécution une jeune chanteuse d'opéra, Nadejda Plevitskaïa, cantatrice de renom célébrée dans la bonne société qui la surnommait « le rossignol ». Vraie diva, mais sans ressources, elle avait été recrutée en 1918 par la police politique des Soviets pour pénétrer et surveiller les groupes de Russes blancs. Démasquée par les forces blanches, elle allait être fusillée quand le général Skobline, en preux chevalier, la secourut.

Le Kremlin eut alors une idée de génie : « retourner » Skobline en flattant sa mégalomanie et en pariant sur son aspiration à préserver la Russie éternelle « [du] diable et [des] étrangers ». Il parvint à ses fins, étape par étape.

Skobline épousa tout d'abord Nadejda, émigra en Turquie, puis finit par s'installer en France. Il allait agir comme agent de pénétration dans l'opposition russe blanche à l'étranger. Membre de l'organe de direction des Russes blancs en exil, il avertissait les services soviétiques de la venue de tous les émissaires blancs envoyés en URSS ! Capturés dès leur arrivée, ceux-ci étaient exécutés sans délai.

Le Kremlin eut ensuite recours à Skobline pour enlever, à Paris, le général Eugène Miller, chef des Russes blancs expatriés. L'opération, après une série d'épisodes rocambolesques – auxquels fut mêlé Dimitri Bystroletov –, finit par être menée à bien. Mais l'épouse du général Skobline, compromise, fut traduite devant la justice française et condamnée à vingt ans de prison pour complicité d'enlèvement[1].

Quant à Skobline et à Dimitri Bystroletov, ils furent rapatriés à Moscou par avion, à tour de rôle…

1. Elle mourut en détention en 1940.

Vint alors le temps des « purges » visant à « en finir définitivement, une fois pour toutes, avec tous les éléments socialement nuisibles qui sabotent les bases de l'État soviétique ».

À vrai dire, les revers économiques du régime de Staline n'étaient pas non plus étrangers à ce climat de terreur. De surcroît, selon le dictateur rouge, devant la montée des risques de conflit mondial, toute opposition réelle ou supposée devait être muselée.

Les grands procès de Moscou, commencés dès 1936, représentent un des aspects les plus spectaculaires de la répression stalinienne qui atteindra son apogée en 1937.

Dans cette atmosphère délirante, personne ne se sentait à l'abri d'une arrestation, car chaque bourg avait ses accusés. La délation, engendrée par la crainte, fournissait aux hommes de la police secrète leurs cargaisons de victimes.

Au cours de l'instruction, le procureur général faisait avouer aux inculpés qu'ils étaient liés à d'« autres criminels », puis demandait d'ouvrir une nouvelle enquête sur la « conspiration fomentée par les personnes citées ». La chute d'un hiérarque entraînait alors nécessairement des centaines de ses fidèles. Des relations familiales ou amicales avec une personnalité soudain désignée comme « ennemi du peuple » rendaient automatiquement suspect. La responsabilité collective des familles, y compris des enfants, fut légalisée, et la peine de mort devint applicable à partir de l'âge de douze ans !

C'est dans ce contexte que Dimitri Bystroletov fut installé dans un immeuble sur le quai de la Moskova. L'ambiance y était déprimante. Il ne restait plus dans le bâtiment que des femmes et des enfants, parce que tous les hommes avaient été arrêtés. « Et parfois même des gosses tout seuls », se disait Dimitri.

Il arrivait que les hommes reviennent pour quelques jours, semaines ou mois, puis repartent définitivement. Du reste, il y avait tant de gens qui arrivaient on ne savait d'où, restaient quelque temps et disparaissaient à jamais. L'atmosphère était à la méfiance. Personne ne se considérait comme un « ennemi du peuple », mais le voisin, lui, l'était peut-être… Des sacs étaient préparés pour la prison. Les plus sages prévoyaient un plan de repli pour que leurs enfants puissent être envoyés loin de Moscou, au cas où ils seraient arrêtés.

Dimitri essayait de s'évader le plus souvent possible de ce quotidien délétère et déambulait dans les stations du métro récemment inauguré par Staline. À l'époque, les Soviétiques vivaient d'une manière très précaire et ces stations rehaussées de marbre, de bronze, parfois même d'or, impressionnaient la population. Le dictateur rouge n'affirmait pas par hasard à sa belle-sœur que le peuple avait besoin d'idoles et de splendeurs ornementales. D'ailleurs, il choisissait lui-même ces décors, comme le marbre cramoisi de la station Maïakovskaïa ou les statues de l'arrêt Place-de-la-révolution.

Un mois à la campagne

Finalement, Dimitri demanda à ses supérieurs de l'envoyer un mois à la campagne, dans une datcha située à une centaine de kilomètres de la capitale.

Les procès des traîtres à la patrie occupaient la une des journaux. Le jeune homme avait beau se dire qu'il n'était pas concerné, personne ne s'estimait à l'abri des purges successives qui décimaient même les rangs des héros soviétiques. Dimitri, fataliste, pensait que les grandes révolutions ne pouvaient se faire sans victimes. Le fait d'avoir réussi des missions à l'étranger n'était pas une garantie, et il voyait disparaître, les uns après les autres, les gens qu'il connaissait. Régulièrement, il était convoqué par le NKVD[1].

Une voiture noire venait le prendre pour l'emmener à Moscou. Une ombre passait alors sur le front de Léna, sa logeuse, une jeune et jolie veuve, lui rappelant qu'il pouvait à tout moment être la cible d'une nouvelle épuration. Il y avait de bonnes probabilités pour que le NKVD l'ait chargée de le surveiller discrètement. Mais Dimitri ne s'en plaignait pas : elle

---

1. Commissariat du peuple aux Affaires intérieures.

avait pris sa tâche très à cœur et était devenue pour lui une amante attentive.

Un soir, alors que le tic-tac des pendules rythmait le silence, Dimitri avait vu Léna se mettre à genoux sur une chaise pour faire avancer les aiguilles d'un cartel. Il avait regardé avec insistance ses cheveux noirs remontés en chignon, ses sourcils abondants et sa poitrine moulée sous un chandail marron. Se sentant observée, Léna s'était retournée et l'avait fixé d'une manière étrange. Attiré soudainement par ce corps puissant et ces yeux bleus bordés de longs cils, Dimitri s'était approché d'elle et l'avait embrassée avec passion. Puis il lui avait proposé de boire un verre.

« Buvez à ma santé, répliqua-t-elle en se détachant de son étreinte, je vais me laver. »

Sans prononcer un mot, Dimitri lui avait emboîté le pas et l'avait accompagnée dans les bains russes. Il ne quittait pas des yeux la jeune femme, troublé par sa nudité, la courbure de ses hanches et le triangle anthracite surplombant ses jambes potelées.

« Je sais que vous êtes un héros, Dimitri, avait-elle dit ; racontez-moi vos faits d'armes en Espagne. »

Il avait répondu par une autre question :

« Comment as-tu commencé à travailler pour le NKVD ? »

À peine surprise, elle avait rétorqué :

« Mon mari travaillait pour eux. Après sa mort, un de ses amis m'a trouvé la fonction que j'occupe aujourd'hui.

— Et tu couches avec tous tes locataires ?, avait ironisé Dimitri en embrassant ses seins couverts de savon parfumé.

— Je ne sais pas, vous êtes le premier ! », s'était-elle exclamée en le frappant avec une branche de bouleau.

Ainsi avait débuté une vie matrimoniale, ou presque. Léna s'occupait de la maison et du linge et aimait à parler de littérature.

Un après-midi, une formidable tempête de neige s'abattit sur la région. Tous les démons de la Russie semblaient se déchaîner. Bravant la tourmente, Dimitri et Léna enfilèrent les manteaux en peau de mouton retournée que les militaires de rang élevé portaient, ainsi que leurs chapkas, et se précipitèrent au-dehors. Comme des enfants, ils plongèrent leurs mains dans la neige pour façonner des boules.

Rien ne comptait plus en cet instant que la joie de courir et de voir s'écraser sur le manteau de l'autre la poudre immaculée. Dimitri se laissa tomber les bras en croix sur le sol blanc et attira sa compagne contre lui. Ils roulèrent, enlacés, et s'abandonnèrent à la joie d'aimer sous les flocons. Comblée par cet élan, la jeune veuve prit le visage du jeune homme dans ses mains et lui baisa les yeux en murmurant des mots qu'il ne comprit pas :

« Tes yeux au moins ne changeront pas. »

Les jeux du hasard

Le lendemain, une voiture noire vint chercher Dimitri pour le conduire à un rendez-vous pris depuis quelque temps chez le chef du département étranger du NKVD, Abraham Sloutski.

Il entra dans le bâtiment sombre et majestueux de la Loubianka, passant à travers le labyrinthe des gardes qui valsaient comme des marionnettes, afin que les visiteurs ne puissent se rendre compte qu'ils étaient suivis à chaque pas. Il gagna le vaste bureau de Sloutski, mais derrière la grande table, un militaire qu'il ne connaissait pas le reçut froidement : « Le camarade Sloutski ne pourra pas vous recevoir. Le camarade Sloutski est mort[1]. »

Dimitri mobilisa toute la force de caractère qu'il avait acquise au cours de ses nombreuses et dangereuses missions pour accueillir la nouvelle sans ciller. Quand il rentra à la datcha, une femme revêche, en tenue militaire, avait remplacé Léna. Il n'osa demander où était passée la jeune femme.

1. Effectivement, la veille, ce dernier avait été retrouvé mort dans son bureau, officiellement d'une crise cardiaque. Mais certains officiers expérimentés remarquèrent sur son visage les signes révélateurs d'un empoisonnement au cyanure…

Le lendemain, la *Pravda* annonçait le « décès » du commissaire Sloutski. Dimitri savait que c'était un euphémisme. L'homme qui avait fait condamner tant de ses semblables avait été englouti à son tour par la terrible machine. Un tampon de chloroforme sous le nez, une injection mortelle, et on passait au suivant.

Dimitri fut mis à rude épreuve durant les mois qui suivirent. Les convocations se multiplièrent. Une fois, au siège de la police secrète, il retrouva l'ancien chef, un commissaire déchu qui attendait, lui aussi, d'être appelé.

« Que va-t-on faire de nous ?, demanda Dimitri.

— Pour ma part, je n'ai aucune chance d'être relâché. Ce sera l'exécution, ou le camp… Vous, en revanche, vous pouvez encore leur être utile.

— Savez-vous sur quoi ils se fondent pour nous distinguer les uns des autres ? », interrogea encore Dimitri.

L'homme lui répondit à voix basse :

« Vous-même avez fusillé assez de gens en Espagne ; vous savez bien que, dans ce genre d'histoires, les choses sont toujours beaucoup plus simples qu'on ne le pense. À la vérité, il n'y a pas de principe. Le hasard et la chance sont nos seuls maîtres. »

Les semaines suivantes, on convia Dimitri à assister aux nombreux procès des « ennemis du peuple », qui se déroulaient dans la capitale. Il fallait avoir des nerfs d'acier pour écouter, impassible, tant d'accusations et tant de crimes avoués publiquement juste pour en finir.

Les inculpés, y compris de grands héros de la révolution, s'autocritiquaient avec une complaisance pitoyable. Des hommes soumis à la fatalité historique, qui ne distinguaient plus le vrai du faux, le bon du mauvais. Des hommes résignés, qui n'avaient plus ni volonté ni liberté de jugement.

Désormais, un immense dégoût envahissait Dimitri, mais il le cachait soigneusement. L'irrationalité meurtrière avait atteint un point de non-retour et il s'attendait d'un jour à l'autre à être broyé lui aussi par cette infernale machine. Pourtant il tenait bon, son masque de dureté le protégeant des regards inquisiteurs qui testaient sa fidélité et la force de son engagement.

Chaque voiture noire pour Moscou pouvait être la dernière. Il crut sa fin toute proche le jour où un petit officier rogue au visage couperosé vint le sommer de se préparer en vitesse à rencontrer le commissaire du peuple en personne.

« Ah !, dit Dimitri, cherchant à gagner un peu de temps pour réfléchir. Le camarade Ejov veut me voir ? »

L'officier l'interrompit brutalement :

« Ejov était un salaud et un traître. Il a été arrêté pour s'être sali les mains du sang innocent des héros de la patrie. Vous serez reçu par le nouveau commissaire du peuple, Lavrenti Beria. »

La rencontre avec Beria

Staline lui-même résumait ainsi la carrière de Beria :

« Il résout les problèmes, alors que le politburo se contente de gratter du papier ! »

À moitié chauve bien qu'âgé de seulement trente-six ans, de petite taille et très agile, Beria faisait preuve d'une grande intelligence et d'une compétence inépuisable. Son visage large et poupin et ses lèvres sensuelles dissimulaient un caractère difficile. Ses yeux pénétrants qui clignaient continuellement derrière un pince-nez étaient ceux d'un homme impitoyable.

En août 1938, nommé premier directeur adjoint, puis chef des services secrets, Beria arriva à Moscou, venant de sa Géorgie natale où il avait dirigé le parti bolchevique local. On alloua à sa famille un appartement dans le célèbre immeuble de la nomenklatura, quai de la Moskova (là où Dimitri Bystroletov passa quelques jours après son retour de Paris).

Mais Staline proposa plutôt au nouveau venu une belle résidence aristocratique. Ce charmant hôtel particulier, abrité sous des arbres centenaires en plein cœur de Moscou, suscite encore bien des rumeurs. Dès lors que Beria s'y installa, la maison devint pour les Moscovites la « demeure de Barbe-Bleue », tant le chef de la police faisait peur.

Né en 1899, Beria avait dû fuir son village natal où son père, un paysan aisé, avait eu des démêlés avec la police du tsar. À dix-sept ans, il commença des études d'architecture à Bakou. Cette ville cosmopolite, située sur les bords de la mer Caspienne, était non seulement un centre pétrolier, mais aussi un carrefour propice au métissage culturel. Les premiers contacts de Beria avec la social-démocratie remontent à cette période.

En 1915, déjà recherché par la police tsariste, Beria rencontra son compatriote Staline qui menait de longue date une action révolutionnaire. Durant la révolution de 1917, il conduisit avec brio un groupe armé et fut recruté par la Tcheka.

Dimitri Bystroletov avait déjà croisé Beria en 1920, alors que ce dernier pourchassait les Russes blancs à Prague, puis à Paris, sous la fausse identité d'un colonel tsariste, Yemon Lidze, devenant alors un des premiers « illégaux » de la police secrète du Kremlin.

Ainsi débuta la carrière de celui qui allait s'affirmer comme le glaive du régime stalinien. Et c'est cet homme redoutable que devait rencontrer Dimitri, lequel pensa qu'il allait être mis aux arrêts. Il prit place dans la voiture avec un flegme parfait, se souvenant alors que, selon Dostoïevski, son écrivain favori, lorsqu'on se savait condamné, on n'avait plus peur. Il eut la sensation d'être entré, comme les autres, dans le domaine du non-être. Il ne se sentait pas désavoué par quelqu'un en particulier, mais par son époque. Il n'avait pas plus de crainte que d'espoir, n'avait plus la volonté de vivre, mais se soumettait aux conditions qui lui étaient imposées.

Alors qu'ils longeaient le quai face au Kremlin, Dimitri demanda à l'officier si la voiture pouvait s'arrêter un instant. L'homme, qui n'avait pas desserré les dents de tout le trajet, consulta sa montre et fit un signe affirmatif au chauffeur :

« Si vous songiez à fuir, camarade Bystroletov, souvenez-vous que je suis armé », dit-il d'un ton sec.

Le ciel était sans nuages et la Moskova parée de reflets bleus. Chacun des ornements des coupoles du Kremlin se découpait sur ce ciel d'azur. Dimitri grilla une cigarette…

« Aurai-je jamais l'occasion de contempler de nouveau toute cette beauté ? »

Il regardait les passants affairés, se demandant comment les hommes et les femmes de demain vivraient dans cette Russie nouvelle où, il le craignait fort, il n'y avait plus de place pour les hommes comme lui.

L'officier, raide comme la justice, conduisit Dimitri directement dans les souterrains de la Loubianka, siège du NKVD. Une heure s'écoula…

Finalement, un pas pressé retentit dans le corridor. Le même officier fit irruption dans la pièce, rouge comme un coq, bredouillant des excuses. Il l'avait pris pour un « ennemi du peuple » et venait d'être sévèrement réprimandé.

La chance tournait. Bystroletov le rassura d'un geste et le suivit dans les couloirs. Beria le reçut avec amabilité.

« Camarade Bystroletov, pardonnez ce malentendu, dit-il en ajustant son binocle. Il règne encore une terrible pagaille dans cette maison ! Le parti doit corriger ces erreurs.

« Mais avant tout, je suis tenu de vous adresser une requête dont m'a personnellement chargé le camarade Staline. Parmi vos nombreuses initiatives, il a particulièrement apprécié que vous ayez repéré le traître Ignace Poretski, plus connu des Occidentaux sous le nom d'Ignace Reiss. Il souhaite vous voir repartir à l'étranger pour de nouvelles missions.

— Vous m'en voyez très honoré, camarade Beria, répondit Dimitri, soulagé. Je ne demande qu'à servir ma patrie. Mais je crains d'être repéré là-bas. Il y a eu des photos de moi dans les journaux, puis cette affaire en Suisse. Je suis toutefois prêt à travailler en Union soviétique.

— Pas question !, l'interrompit Beria. Nous avons beaucoup de camarades capables d'œuvrer chez nous. Mais nous manquons plus que jamais d'hommes comme vous.

« Le camarade Staline veut que vous deveniez notre résident au Proche-Orient. Vous y avez des amis, je crois… Le début d'un réseau qu'il est urgent d'activer. Vous devrez simplement changer d'aspect.

— Il m'est arrivé autrefois de porter barbe et moustache, convint Dimitri.

— Vous n'y êtes pas : vous allez changer de visage. Tout est prêt pour une intervention chirurgicale. Vous verrez, nous faisons des miracles ! »

Dimitri accepta. Il n'avait pas le choix. De surcroît, pensa-t-il, fataliste, il avait déjà tant de fois modifié son apparence dans cette vie aléatoire d'agent secret. Pourtant cette chirurgie esthétique lui coûta cher, car il cultivait, avant l'opération, une allure de jeune loup sauvage… Son nouveau visage rebondi lui donnait la nausée quand il se regardait dans un miroir.

Les caméléons

Depuis que Dimitri les avait quittés dans le train qui les menait à Marseille, Marie et Eugène avaient peu reparlé de lui. À plusieurs reprises, Marie s'était étonnée de ne pas avoir de nouvelles de leur ami, mais son époux semblait étrangement éviter le sujet…

Marie finit pourtant par découvrir que Dimitri n'était jamais parti en Argentine. Elle avait lu par hasard le journal anglais qui traînait sur le bureau d'Eugène. Les festivités du couronnement et le mariage de Farouk occupaient la majeure partie des pages. Mais un article sur la guerre d'Espagne attira son attention. On y parlait des faits et gestes d'un certain capitaine Pablo, pilier de la lutte contre les anarchistes. Des rivalités internes ravageaient les rangs du front antifranquiste. Une photo du fameux capitaine illustrait l'article. Marie prit sa loupe pour la regarder de plus près. Son œil de dessinatrice ne l'avait pas trompée. Sous son béret, les traits aigus de Dimitri étaient parfaitement identifiables.

« Depuis quand l'hôtel des Colonnes de Madrid se trouve-t-il en Argentine ? », demanda-t-elle à Eugène.

La réaction de son mari fut brutale. La jeune femme aurait juré avoir perçu une lueur de peur dans ses yeux. Il la pria grossièrement de se mêler de ce qui la regardait au lieu d'inventer des histoires à dormir debout.

La nervosité d'Eugène au sujet de Dimitri ne fit qu'empirer les semaines suivantes. Son vieil ami, venu en secret, lui confirma qu'il était bien le capitaine Pablo et lui enjoignit d'utiliser ses fonctions consulaires pour lui obtenir un passeport français. Le nom qu'il lui donna lui était inconnu. Quand Eugène lui remit les documents dûment tamponnés, il lui demanda en plaisantant ce qu'il aurait fait s'il avait refusé.

« Je t'aurais tué, mon cher, car tu en sais déjà trop », répliqua, imperturbable, son interlocuteur qui n'avait nullement l'air de plaisanter.

L'inquiétude d'Eugène monta encore d'un cran avec un fait divers relaté dans les journaux : le corps criblé de balles d'un inconnu avait été découvert, dans la nuit du 4 septembre 1937, sur la route menant de Lausanne à la frontière française. La victime possédait un passeport qui se révéla faux et se dirigeait vers la France. Les autorités recherchaient un agent du NKVD, le service de renseignements soviétique. « Une mystérieuse affaire d'espionnage », titrait le journal français…

Quand Dimitri revint en Égypte, sous un autre visage, il était persuadé qu'il ne ferait pas longtemps illusion devant quelqu'un qui l'avait bien connu auparavant. Pourtant son compagnon parisien, Eugène, eut bien du mal à le reconnaître sous ses nouveaux traits empâtés. Son crâne rasé et les bajoues qui lui avaient été greffées l'avaient réellement métamorphosé.

Mais les femmes sont plus difficiles à leurrer que les hommes. Et l'épouse du consul, que ce dernier n'avait pas mise dans la confidence, le regardait avec insistance à chacune de leurs rencontres. Le visage de cet homme, de type oriental, lui était inconnu. Pourtant, quelque chose retenait son attention dès l'instant où sa haute silhouette apparaissait. Cette façon de fumer en rabattant la main en éventail sur son visage, ces longs doigts osseux, cette maigreur saillante du poignet, elle les connaissait. Certains détails ne trompent pas… Marie n'avait pas encore trouvé la ressemblance, mais elle cherchait. Paradoxalement, cela mettait du baume au cœur de Dimitri.

Car l'espion se sentait désormais partout un « homme de trop », un citoyen de nulle part. Après ce qu'il avait vu à Moscou, il se savait perdu. Il avait été trahi et, à son tour, avait trahi ; les Blancs, dont il avait été un brillant officier et, à présent, les Rouges. Sans parler de ses amis, de ses contacts, de tous ceux qu'il avait vus partir pour la mort ou, pire que la mort, être renvoyés de l'autre côté du rideau de fer.

Il savait que le piège s'était aussi refermé sur son ami Eugène, qui s'était engagé de manière irréversible en faveur du Kremlin. À vrai dire, le côté caméléon d'Eugène, sa façon de prendre la couleur de son entourage, de déguiser perpétuellement sa pensée et ses actions, lui facilitait l'exercice du métier d'agent secret, avec ses airs de vrai-faux Français, Russe ou Anglais… Mais le consul était déjà allé trop loin dans les compromissions. Les services de Staline le tenaient ; ils ne lâchaient jamais leur proie.

Au cours de la traversée qui le ramena à Alexandrie, l'espion au nouveau visage, qui s'était fait passer pour un noble italien, le comte Morsini, apparut au bras d'Hélène Mosseri. La dame s'était entichée de lui comme savent le faire les grandes séductrices quand elles veulent prouver que leur charme est intact. Elle avait été une proie facile et un parfait moyen de pénétrer les cercles les plus fermés de la bonne société du Caire.

Installé à l'hôtel Fayoum, où il fut d'emblée apprécié pour la générosité de ses pourboires, le comte Morsini se fit le chevalier servant d'Hélène Mosseri. Elle l'introduisit auprès de ses plus proches amis, la princesse Shévikiar et son mari, Hyssey el-Ari Pacha. Tous quatre devinrent inséparables, menant grand train et mêlant habilement intrigues amoureuses, affaires et profits.

L'hôtel Fayoum était un havre de paix. Le comte Morsini eut l'idée d'y organiser des soirées de bienfaisance. Hélène Mosseri obtint de Farouk la permission d'ouvrir des tables de jeu en faveur de ces bonnes œuvres. D'énormes sommes circulaient, et l'entreprise devint rapidement un commerce prospère.

Eugène était un habitué de ces soirées. Aux yeux de tous, il accompagnait Farouk, dont il était demeuré le confident inamovible. Lui seul savait qui était exactement le comte Morsini, même s'il n'avait pu déceler pour quelle obscure raison il avait reparu au Caire. Il regardait évoluer son vieil ami comme une menace permanente pour son équilibre familial. La présence de Dimitri lui rappelait qu'il s'était lui aussi engagé depuis longtemps sur une voie périlleuse et sans retour.

Un soir qu'ils se trouvaient seuls, Dimitri, en veine de confidences, lui raconta comment il avait été décoré de l'ordre du Drapeau rouge en arrivant à Moscou après l'affaire de Lausanne. Eugène le trouva terriblement désabusé et cynique.

Un jour, Marie et Dimitri se retrouvèrent au cours d'une promenade dans le désert de Nubie en compagnie de plusieurs amis. Le paysage était féroce ; les rochers se serraient le long du Nil et du sable s'amoncelait à profusion. Emporté par la beauté des lieux, Dimitri, plus que jamais comte Morsini, déclara, au grand étonnement de la troupe, qu'il serait bon de mourir en un tel endroit…

La caravane marcha de longues heures sous une chaleur harassante. Des tentes furent dressées près d'un puits pour le bivouac. Non loin de là, des hommes du djebel vivaient dans des cabanes de bambous et de paille. Ils avaient irrigué la terre et, tout autour de leur village, l'eau de la montagne courait dans d'étroits fossés. Les femmes portaient des amulettes et des caleçons de cuir, leur longue chevelure s'étirait dans leur dos jusqu'à terre et ressemblait à la crinière d'un cheval. Quelques-unes broyaient de la farine. Un forgeron, assis sur le sable, frappait un morceau de cuivre ; à côté de lui, un gros soufflet était fixé à des pierres et, de temps à autre, il tirait un cordeau pour activer l'instrument qui ranimait le feu.

Cette scène rappela à Marie l'ambiance à la campagne, chez ses parents. Et elle commença de parler de son enfance… Seul Morsini, fumant négligemment une cigarette à l'écart, semblait attentif à ce curieux rapprochement. Elle sentit qu'elle parlait pour lui. Son profil avait quelque chose d'obsédant, de même que son attitude générale. Il se tourna, ce qui déclencha, chez Marie, les mécanismes complexes de la mémoire. Elle attrapa son crayon et son bloc et se mit à dessiner, un sourire au coin des lèvres : « Tiens », dit-elle en lui tendant le carnet.

Sous le masque absurde qu'on lui avait modelé contre son gré, Marie avait retrouvé en trois coups de crayon tout ce dont il était autrefois si fier : les pommettes effacées, les joues creuses, l'arc du nez, et surtout ses yeux. « Tes yeux au moins ne changeront pas », avait pressenti Léna…

« Dimitri, c'est bien toi ? », interrogea Marie dans un murmure, ses grands yeux bleus fouillant derrière le visage inconnu pour y retrouver les traits de l'ami de toujours.

Il acquiesça, incapable de proférer une parole…

Quand enfin il fut à même de parler, assis à ses pieds, sans la regarder, il se livra pendant plus d'une heure. Une confession minutieuse, complète, que Marie écouta, horrifiée. L'aveu d'un agent secret aguerri.

Il raconta comment, jeune officier, il avait compris que les civilisations sont mortelles. Il s'était associé aux Soviets dans un effort désespéré pour sauver la Russie. Il avoua qu'il s'était trompé.

« Je regrette une chose, Marie. C'est d'avoir recruté Eugène dans ce réseau qui vous mènera tous deux à votre perte.

« Vous vous rappelez l'affaire de Lausanne ? C'est Ignace Reiss qui fut assassiné, ce jour-là, sur la route. C'était un homme honnête. Comme vous aujourd'hui, j'étais sourd, alors, à ses protestations : il m'avait pourtant prévenu que Staline était de mèche avec Hitler. D'ailleurs, le pacte qu'il a conclu avec Molotov et Ribbentrop a confirmé la véracité de ces accusations. »

Il décrivit encore les êtres brisés qu'il avait croisés dans les tribunaux de Staline. Il la supplia de cesser de confondre l'Union soviétique stalinienne avec la Russie de ses rêves.

« N'oubliez pas, Marie, je vous en conjure : "Rien n'est plus triste que d'évoquer les temps heureux quand on est dans la misère", disait Dante. Ne vous martyrisez pas avec des souvenirs qui ne sont plus. Je suis au désespoir de vous avoir entraînés, Eugène et vous, dans cet enfer. »

La jeune femme l'interrompit avec violence. Elle ne comprenait pas. Ou plutôt, elle comprenait trop bien, et cela l'effrayait. Ce qui revenait au même. Elle invoqua la grandeur de la Russie, sa foi en la résurrection des valeurs anciennes qui faisaient l'âme de leur patrie. Dimitri lui faisait peur. Ou bien il disait la vérité, et c'était affreux. Ou bien – en bon agent secret –, il prêchait le faux pour savoir le vrai. Peut-être était-il en train de mettre son patriotisme et sa fidélité à l'épreuve ? Il y avait du danger partout dans ce qu'il disait. Jamais il ne les persuaderait, ni elle ni Eugène, de renoncer à leur rêve de revenir en Russie. Elle avait assez de foi pour déplacer des montagnes ! Les obstacles ne l'arrêteraient pas. Dimitri n'aurait pas dû revenir si c'était pour tenir un pareil discours. Il n'avait qu'à aller au diable[1] !

---

1. Pour reconstituer cet épisode, je me suis souvenu de mes conversations avec l'époux de Marie, à Moscou, dans les années 1970.

Dimitri attendit patiemment qu'elle s'apaise un peu.

« Pardon, Marie. Je voulais seulement vous mettre en garde. Mais n'y revenons plus, dit-il comme elle ouvrait la bouche pour protester encore. Je dois partir à présent. Loin. Très loin.

« Faites-moi une promesse : si un jour vous avez besoin d'aide, allez voir de ma part le père Alexandre qui, à Prague, représente l'Église russe fidèle à Moscou. »

Il avait mis une telle force et une telle solennité dans sa demande qu'elle promit, grave, elle aussi. Il l'embrassa pour lui dire adieu, bouleversé de la voir si fragile devant le monde inflexible qui l'attendait. Et comme autrefois dans le train de Marseille, elle le regarda s'éloigner, malheureuse de le voir si affligé, incapable de faire un geste pour le retenir, sans savoir qu'il emportait comme un précieux viatique le signe de croix qu'elle venait de tracer sur son front.

À cause de lui, la peur l'habitait désormais. Et s'il avait dit vrai ?

De retour au Caire, Dimitri alias Morsini prit un long bain tiède, se rasa, puis enfila un costume blanc, noua une cravate blanche autour de son cou et posa sur sa tête un panama qui accentua sa pâleur. Il se promena longtemps dans les ruelles chaudes et épicées de la ville.

Dieu sait s'il avait aimé ces venelles poudreuses, emplies d'une foule pittoresque, qui lui rappelaient le labyrinthe confus de sa vie. Cette ville autrefois splendide, comme sa jeunesse, sentait aujourd'hui le bois pourri et l'eau croupie. Un sentiment de solitude et d'abandon envahissait son âme ; l'odeur des prisons de Staline l'avait rattrapé jusque dans cet Orient où il avait rêvé de liberté.

Les voix qui s'élevaient du minaret voisin, le braiment des ânes, attisaient la sensation que son cœur allait exploser. Il s'arrêta pour boire un cognac, puis se dirigea vers les quais avant d'être englouti par l'obscurité…

En attendant, Eugène conjecturait sur le départ de Dimitri, dont la disparition soudaine restait mystérieuse. Avait-il reçu une nouvelle convocation à Moscou ?

Koltsov ou l'ange noir

Au cours de ces terribles années 1930, le destin des « illégaux » fut souvent tragique. Le fait d'être progressivement passés, pour nombre d'entre eux, sous le contrôle personnel de Beria ne leur avait pas garanti une complète sécurité pour autant. Si certains évitèrent la prison, beaucoup d'autres furent assassinés par leurs camarades ; d'autres encore, rappelés à Moscou et déportés ou exécutés à leur retour en Union soviétique.

Avant la guerre, le service de renseignements extérieur comptait, dans son noyau dur, approximativement deux cents officiers. Un tiers environ était en poste à l'étranger ; un autre tiers œuvrait dans des organisations de couverture en URSS. Le dernier tiers coordonnait l'ensemble de ces actions à Moscou. Près de 60 % de ces officiers furent éliminés durant les purges.

Outre la somme de tragédies humaines qu'elles représentent, ces épurations portèrent un coup terrible au renseignement du Kremlin. Ainsi la résidence de Paris fut-elle purement et simplement exterminée. À la résidence de Londres, il ne resta qu'un seul homme : le chiffreur.

L'influence de l'histoire russe était particulièrement perceptible au sommet de l'édifice stalinien : le bureau politique d'« état-major général » du parti révolutionnaire devint une sorte de conseil privé du prince des services de sécurité, renouant avec la tradition de l'Okhrana, la police secrète du tsar[1].

La machine de la terreur tournait désormais à plein régime. Un peu partout, des officiers en charge des résidences « légales » (travaillant sous couverture diplomatique dans les ambassades) ou « illégales » (dépourvues de cette protection), comme Dimitri Bystroletov, furent rappelés à Moscou.

Ce fut le cas du journaliste le plus célèbre d'Union soviétique, Mikhaïl Koltsov, dont Dimitri avait fait la connaissance pendant la guerre d'Espagne. Ils avaient également coopéré pour pénétrer le milieu intellectuel occidental.

Mikhaïl Koltsov était membre du comité de rédaction de la *Pravda*, fondateur et rédacteur en chef des magazines populaires *Ogoniok, Krokodil, Za Roubejom*, député du Soviet suprême et membre correspondant de l'Académie des sciences. Son inflexible détermination ne pouvant donner toute sa mesure dans l'unique cadre de ses activités professionnelles, il se passionna pour les femmes et l'aviation[2].

---

1. Voir l'annexe 1.
2. Ainsi la presse mondiale relata-t-elle sa participation au premier vol effectué au-dessus des montagnes et des déserts, selon l'itinéraire Moscou-Ankara-Téhéran-Kaboul, et les long-courriers sans escale dont il fut l'instigateur. Koltsov fut également à l'origine de la construction de l'avion géant *Maxime-Gorki*.

Ce « correspondant de presse » pas comme les autres devint également le conseiller politique du gouvernement républicain espagnol et son consultant en matière d'aviation. Ernest Hemingway l'introduisit quant à lui sous le pseudonyme de « Karkov » dans son célèbre roman *Pour qui sonne le glas*.

Décrivant la rencontre de Karkov avec son héros, Robert Jordan, Hemingway fait dire à ce dernier :

> Karkov était l'homme le plus intelligent… Il possédait plus de cervelle et plus de dignité intérieure, d'insolence et d'humanité qu'aucun homme…

Rien d'étonnant à ce qu'un personnage de cette envergure devînt un honorable agent de liaison des services secrets soviétiques. Il utilisait leur chiffre pour envoyer ses dépêches codées à Moscou, procurant ainsi à Staline des informations sur les personnalités politiques et culturelles d'Europe occidentale, fondées sur des « sources précieuses », comme ont coutume de dire les spécialistes des services.

Lorsque j'ai interrogé la Commission de réhabilitation des victimes du régime totalitaire et demandé à son président, Alexandre Yakovlev, de me fournir le dossier de Koltsov, celui-ci a éclaté d'un rire sans équivoque : « Regarde plutôt du côté des sources des services secrets ! » Quelles étaient donc ces fameuses sources ?

En 1935, Koltsov était en contact permanent avec Elsa Triolet et Aragon, dont il devint l'« ami très cher ». Quand le couple se rendait à Moscou[1], Mikhaïl

1. Comme ce fut le cas notamment au moment du décès de Maxime Gorki, en 1936.

Koltsov était toujours à ses côtés. Ensemble, ils allaient travailler aux préparatifs d'un congrès, véritable grand-messe dont Staline serait le prélat absent.

Le 21 juin, le Congrès international des écrivains pour la défense de la culture rassembla à la Mutualité de Paris un éblouissant aréopage des plus grands esprits d'Occident[1]. En réalité, Staline ambitionnait de créer une vaste organisation antifasciste fédérant les intellectuels les plus éminents d'Europe et d'Amérique.

Ainsi retentirent les premières mesures de l'« orchestre rouge ». La partition allait être tour à tour signée par Willy Münzenberg, député au Reichstag, l'un des chefs de file de la propagande parallèle du Komintern, par Henri Barbusse, par Upton Sinclair et par Maxime Gorki, sous la forme d'un manifeste contre la guerre impérialiste. Koltsov (agent idéologique et surtout financier du Kremlin), Aragon et Elsa Triolet en constituaient incontestablement le trio inséparable.

Si le congrès fut présenté comme une initiative spontanée dont la majorité des membres ignorait qu'elle était manipulée par le Kremlin, les télégrammes de Moscou – en réponse aux rapports télégraphiques codés envoyés quotidiennement par l'ambassade

1. André Gide, Alexis Tolstoï, Anna Seghers, André Malraux, Bertolt Brecht, Henri Barbusse, Heinrich Mann, Marina Tsvetaïeva, Lion Feuchtwanger, Paul Vaillant-Couturier, Jean-Richard Bloch, Tristan Tzara, Louis Aragon. Certes, de nombreux écrivains refusèrent de se joindre à cette parade, comme George Bernard Shaw, Herbert George Wells, Thomas Mann, Georges Duhamel, Upton Sinclair ou Jules Romains. Notons que sur l'insistance des écrivains français, Boris Pasternak et Isaac Babel, à l'époque en disgrâce, furent autorisés par le Kremlin à participer au congrès.

soviétique au Kremlin, au NKVD et au Komintern, informant de l'état d'esprit de l'assemblée – indiquaient en sourdine aux chefs d'orchestre les décisions que le congrès devait adopter.

Le succès de l'entreprise détourna l'attention d'un autre fait, beaucoup plus inquiétant et symptomatique. Maxime Gorki n'avait pas été autorisé à se rendre à Paris. En revanche, Staline avait consenti à laisser Romain Rolland lui tenir compagnie durant quelque temps. Aussi saluèrent-ils tous deux le congrès par un télégramme. Henri Barbusse, quant à lui, retourna à Moscou, galvanisé par le sentiment d'avoir accompli son devoir de combattant ; les communistes français, et surtout soviétiques, pouvaient être satisfaits.

Au-delà de sa portée politique – il s'agissait d'insister sur la nécessité de l'union des forces de gauche dans les « fronts populaires » –, ce congrès avait pour but de manifester un puissant soutien à Staline à la veille de la Grande Terreur.

À lire Hemingway, Karkov-Koltsov avait déclaré à ses amis espagnols :

> Tous ceux qui nourrissent l'idée insensée d'aller contre l'histoire, d'arrêter son mouvement, de se mettre en travers de la route du socialisme triomphant, seront réduits en une poudre sanglante.

À mesure que les hommes de la police secrète de Staline démasquaient les « chiens rampants du fascisme », la colère de Koltsov s'amplifia :

> Lorsque se lèvent des coquins, que la langue juridique nomme correctement des « inculpés », écrivit-il de la salle où l'on écrasait Boukharine et ses « complices », lorsqu'ils se lèvent et commencent, soit avec l'air abattu de pécheurs repentants, soit avec la désinvolture cynique de canailles expérimentées, à raconter en détail leurs monstrueux méfaits, on a envie de saisir à la gorge ces ignobles ordures, souillées de sang, de les empoigner et de faire justice soi-même.

Koltsov mettait donc toute son ardeur journalistique au service de la « cause du parti ». Mais Staline n'aimait pas ce genre d'homme passionné et actif. Des historiens ont souvent affirmé que Koltsov remplissait en Espagne les fonctions de résident des services de renseignements soviétiques, ce qui aurait suffi à le conduire à une fin tragique.

Il était incontestablement lié à la police politique – ce qui était alors considéré comme glorieux : gardons à l'esprit le fameux poème d'Aragon à la gloire des services secrets de Staline –, mais il n'en était pas le résident, ce rôle étant tenu par des personnages jouissant de l'immunité diplomatique ou par des « illégaux » comme Dimitri Bystroletov – des gens passant inaperçus.

Koltsov était bien trop en vue pour cela. En revanche, il entretenait des liens étroits avec le Komintern (et des rapports amicaux avec son président, le Bulgare Dimitrov) ; il pouvait lui rendre de très précieux services, car il avait ses entrées dans n'importe quelle sphère, où il recrutait des « amis ». Son charme et son aisance lui ouvraient toutes les portes. L'Union soviétique tout entière attendait chaque jour les reportages d'Espagne de Koltsov…

Mais au printemps de 1937, un courrier diplomatique de Moscou arrivé en Espagne confia à ses collègues que, d'après les renseignements dont disposait la direction spéciale du NKVD, Koltsov s'était « vendu aux Anglais » et avait « fourni des informations secrètes à lord Beaverbrook ».

Et le 1er mai, Koltsov, personnellement rappelé par Staline, rentrait à Moscou pour y présenter un rapport au bureau politique. Quelques jours plus tard, le dictateur le reçut en compagnie de ses quatre fidèles acolytes. Ils l'écoutèrent pendant trois heures (ce qui, en soi, tend à prouver que Koltsov n'était pas en Espagne uniquement en qualité de journaliste).

Le soir même de son entrevue, Koltsov raconta à son frère la façon dont il avait été reçu :

> Staline s'arrêta près de moi, mit la main sur son cœur et s'inclina :
> « Comment faut-il vous appeler en espagnol ? Miguel, non ?
> — Miguel, camarade Staline, répondis-je.
> — Bon, alors don Miguel. Nous, nobles espagnols, nous vous remercions sincèrement pour votre intéressant rapport. Au revoir, don Miguel. Bonne chance.
> — Je sers l'Union soviétique, camarade Staline. »
> Je me dirigeai vers la porte lorsqu'il me rappela, et alors s'engagea une étrange conversation :
> « Vous avez un revolver, camarade Koltsov ?
> — Oui, camarade Staline, répondis-je, étonné.
> — Vous n'envisagez pas de vous suicider avec ?
> — Bien sûr que non, protestai-je, encore plus étonné. Je n'en ai pas l'idée.
> — Eh bien, c'est parfait, dit Staline, parfait ! Encore une fois merci, camarade Koltsov. Au revoir, don Miguel. »

Sans aucun doute, Koltsov s'était révélé un fin connaisseur de la situation espagnole. Et le ton persifleur de Staline dénotait que le rapport l'avait piqué au vif. Koltsov le comprit :

« Sais-tu, dit-il à son frère, ce que j'ai lu très nettement dans les yeux du patron quand il me suivait du regard ? "Trop dégourdi." »

Les services secrets du Kremlin préparaient alors un grandiose « procès de diplomates ». Les « ennemis du peuple » allaient désormais être liquidés en douce, un par un. Mais pour l'heure s'organisaient les prochains spectacles sanglants : l'affaire des diplomates, l'affaire des avocats, l'affaire des écrivains… Bien sûr, Koltsov connaissait tous les candidats au banc des accusés, il les avait tous rencontrés, en Union soviétique ou à l'étranger. Chacun entretenait les mêmes relations superficielles ou étroites avec les milieux européens et américains de la politique, de la science, de l'art et de la culture ; mais, à l'époque, *relation* signifiait « complicité »[1].

De plus, le communiste français André Marty, plénipotentiaire de Staline, commissaire politique des Brigades internationales, eut une vive altercation avec Koltsov ; et l'on sait combien les dénonciations que

1. Le groupe de diplomates « espions » et « terroristes » destinés à être traînés au banc des accusés comprenait notamment l'ambassadeur en Suède, Alexandra Kollontaï (ancien ambassadeur au Mexique et en Norvège ; son nom était évoqué dans de nombreuses affaires comme agent des services de renseignements allemands, anglais, français et suédois) ; l'ambassadeur en Grande-Bretagne, Ivan Maïski (en tant qu'« espion anglais » et « agent de divers services de renseignements étrangers ») ; l'ambassadeur aux États-Unis, Constantin Oumanski (en tant qu'« espion américain et allemand »)…

Marty adressait personnellement à Staline en court-circuitant le Komintern jouèrent un rôle fatal dans la destinée de nombre de communistes étrangers et de chefs militaires soviétiques qui combattaient en Espagne.

Profondément blessé par l'« affront » que lui avait infligé publiquement Koltsov, Marty envoya à Staline une lettre dans laquelle il accusait le journaliste de s'immiscer dans les questions militaires et surtout d'avoir des contacts avec les trotskistes espagnols. Il incriminait aussi Maria (la dernière maîtresse de Koltsov), qu'il qualifiait d'« espionne allemande ».

Caridad Mercader, dont le fils, Ramón, allait plus tard assassiner Trotski, écrivit, elle aussi, des rapports ignominieux sur Koltsov. Le fit-elle de sa propre initiative ou sur injonction de son supérieur et amant, Leonid Eitingon, futur général du KGB, qui œuvrait en Espagne ? En tout état de cause, c'est Eitingon qui transmettait à Moscou ses dénonciations.

Les mouchards qui travaillaient alors en Espagne accusaient aussi Koltsov et sa compagne de « liens avec le collaborateur de l'Intelligence Service, Eric Blair », qui allait être lui aussi connu, un peu plus tard, comme grand écrivain sous le nom de… George Orwell.

La police secrète s'était d'autre part inquiétée des visites de Koltsov à Maxime Gorki, placé sous la surveillance vigilante et permanente des tchékistes. Chacune de ces rencontres était minutieusement enregistrée. Et le voyage que fit Koltsov avec Malraux chez Gorki, en Crimée, lui sera officiellement reproché : on lui imputera de l'avoir organisé à des « fins d'espionnage », pour soutirer à Gorki le contenu de ses conversations avec Staline et le transmettre aux services de renseignements français par l'intermédiaire de Malraux ! La police s'intéressa aussi aux contacts de Koltsov avec Antoine de Saint-Exupéry, lié à ce dernier par leur passion commune pour l'aviation. Bref, un véritable échafaudage d'accusations…

Sur ordre de Staline, Koltsov fut fusillé.

Dimitri Bystroletov avait été l'un des amis de Koltsov ; il ne manquait jamais de lui rendre visite à chaque fois qu'il revenait dans son pays, après ses missions clandestines à l'étranger, et n'avait émis aucun commentaire sur les accusations fallacieuses dont il avait fait l'objet. Ce qui le rendit complice de l'« ennemi du peuple »…

Dimitri aurait dû savoir que dans ces cas-là le Kremlin ne faisait pas de quartier. Assassinat ou suicide, sa disparition s'insérait dans la logique des choses. Il rentra néanmoins en Union soviétique. Comme le déclara Maly, un autre « illégal » célèbre, en apprenant son rappel à Moscou : « Ils me tueront là-bas et ils me tueront ici. Mieux vaut mourir là-bas ! »

Dimitri fut brutalement rapatrié et affecté à la chambre de commerce. C'est à ce poste qu'on l'arrêta. Au cours de son interrogatoire, mené par un certain Soloviev, le commissaire fit irruption dans la pièce et demanda de quoi Dimitri était accusé.

« D'espionnage au profit de quatre puissances étrangères, lui répondit-on.

— Ça ne suffit pas ! », s'exclama-t-il avant de tourner les talons.

Comme Dimitri refusait d'avouer des crimes fictifs, on lui asséna des coups avec un roulement à billes fixé au bout d'un câble : il eut deux côtes cassées et un poumon perforé. Ses tortionnaires lui brisèrent ensuite le crâne avec un marteau enveloppé dans des chiffons et lui démolirent l'estomac à coups de pied. Il crut sa dernière heure arrivée et signa les aveux dictés par le « juge d'instruction ».

D'ordinaire, ces séances de torture et de confession se terminaient dans la chambre d'exécution avec une balle dans la nuque. Dimitri, lui, survécut et écrivit le récit de son interrogatoire. Condamné à vingt ans de réclusion dans un camp, il sera réhabilité pendant la Seconde Guerre mondiale. Sa femme, envoyée au goulag pour avoir épousé un « ennemi du peuple », s'y suicidera en se tranchant la gorge avec un couteau de cuisine, à l'époque où son mari – mais elle l'ignorait – recouvrait la liberté. La vieille mère de Dimitri, elle, s'empoisonna.

À l'époque, Staline prescrivit officiellement l'usage de la torture : « Le recours des services secrets à des moyens de pression physiques est une procédure totalement justifiée et opportune. »

Comme au temps d'Ivan le Terrible, les prisonniers étaient parfois roués de coups jusqu'à ce que mort s'ensuive, avec un gourdin et une matraque, les causes du décès étant maquillées en crise cardiaque sur le certificat. Des procédés comme la privation de sommeil ou la « méthode de la chaîne » avaient cours avant de faire fusiller les prévenus. Après avoir reçu une balle dans la nuque, les victimes étaient transportées jusqu'à un crématorium et leurs cendres étaient jetées dans une fosse commune.

Dans le jargon professionnel, l'anéantissement d'un innocent était appelé la « lutte française ». Un manuel préconisant l'usage de « moyens de pression physiques », autrement dit l'usage de la torture, fut d'ailleurs rédigé à l'intention des membres du NKVD...

Manipulateur hors pair, Staline proclamait :

« Dans ce combat contre les agents du fascisme, il y aura quelques victimes innocentes. Mais nous lançons une attaque très importante contre l'ennemi, il ne faut pas nous inquiéter si nous sommes amenés à bousculer quelqu'un. Mieux vaut faire souffrir dix innocents que de laisser échapper un espion ! »

Les espions étaient décidément la hantise du dictateur du Kremlin.

« Entre Hitler et Staline, nous choisissons Staline »

En attendant, la situation internationale se compliquait toujours davantage. La guerre ravagea l'Europe, puis enflamma l'Afrique du Nord. En février 1941, l'Afrikakorps avait débarqué en Libye. Allemands et Anglais se livraient des combats acharnés pour assurer leur influence en Égypte.

Un jour, Eugène Panine rentra dans sa grande maison du Caire, porteur de mauvaises nouvelles. C'était en juin 1941. À l'aube, les divisions allemandes massées sur la frontière soviétique étaient passées à l'attaque.

« Nous avions pourtant prévenu le Kremlin !, s'indigna Eugène.

— Nous ? », s'étonna Marie.

Son mari, de mauvaise humeur, ne répondit pas. Il tripotait les boutons de l'énorme radio pour capter les communiqués de Moscou. Marie reconnut la voix sombre de Molotov, le vice-président du Conseil des commissaires du peuple, qui parlait au nom de Staline :

> Le gouvernement fait appel à vous, hommes et femmes de ce pays, pour vous rassembler en rangs serrés autour de notre

glorieux chef, le camarade Staline. Notre cause est juste. L'ennemi sera écrasé et la victoire nous appartiendra !

« Voilà qui est clair », gronda Eugène en dressant le poing vers le ciel comme le faisaient autrefois les républicains espagnols. « Il n'y a pas d'autre alternative. Entre Hitler et Staline, nous choisissons Staline. Tu es bien d'accord ? »

Sa femme hocha doucement la tête, pâle d'émotion.

« Tu dois être consciente que cette résolution implique des dangers et des sacrifices. Mais tu dois savoir aussi que c'est la voie que j'ai choisie dès le début. Pendant toutes ces années, j'ai dû me battre dans l'ombre pour notre cause. L'heure viendra de livrer bataille au grand jour !

— La vie même est dangereuse, mon amour. Nous sommes mariés pour le meilleur et pour le pire, ajouta-t-elle, ne l'oublie pas… »

Dans ce contexte dramatique, Eugène continua à informer Moscou des mouvements militaires qui se déroulaient sous ses yeux. Les combats faisaient rage dans le désert, aux portes de la capitale égyptienne. Les Allemands et les Britanniques menaient une lutte sans merci pour contrôler la route d'Alexandrie. Tantôt le maréchal Rommel était repoussé jusqu'à Benghazi, tantôt les armées anglaises, à nouveau mises en échec, reculaient sur les côtes alexandrines, car Montgomery avait dû céder du terrain sous la pression allemande. En juin 1942, la bataille de Bir Hakeim amena Rommel à moins de soixante kilomètres de la ville.

En apparence, Eugène semblait un amateur de fêtes décadentes, un habitué de la cour du roi Farouk et un homme léger qui ne pensait qu'à s'amuser. Mais à Moscou, ses supérieurs prenaient de plus en plus conscience de la valeur des renseignements qu'il était en mesure de fournir. De simple agent, il devint l'homme du NKVD au Caire. Il utilisa le réseau et les relais mis en place les années précédentes. Ces voies détournées permettaient à Beria en personne d'acheminer ses instructions chiffrées en toute sécurité.

Eugène recevait également d'importantes sommes en numéraire, dont l'emploi était soigneusement détaillé. Il se lia d'amitié avec un couple d'opérateurs radio qui tenaient une petite bijouterie à côté de l'auberge des Pyramides.

Au fur et à mesure que les Alliés prenaient l'avantage, le ton des ordres venus de Moscou changeait. Eugène fut chargé d'une mission délicate : il s'agissait de semer la zizanie entre l'Angleterre et le roi Farouk. Il inventa une intrigue retentissante, laissant entendre à ses nombreux interlocuteurs que, lassée des infidélités de son époux, la reine avait pris à son tour un amant. Ces bruits ne tardèrent pas à venir aux oreilles du roi et à déclencher une folle crise dynastique.

D'aucuns affirmèrent dès lors que Farida avait mis au monde un fils dont Farouk n'était pas le véritable père. La rumeur enfla. On chuchotait qu'il s'agissait d'un complot des Anglais pour que l'enfant usurpe la couronne sous la tutelle de sa mère, poussée par Londres à exercer la régence du royaume égyptien.

Cette machination, qui fut rapportée à l'Intelligence Service, inquiéta sérieusement le gouvernement de Churchill. C'était une rumeur absurde, mais comme toutes les rumeurs, elle courait plus vite que la vérité. Tandis que le roi était de plus en plus soupçonneux à l'égard de Londres, la reine se glaçait, outrée qu'il puisse accorder crédit à d'aussi invraisemblables ragots.

Mais bientôt les événements prirent une tournure inattendue. La bijouterie des opérateurs radio fut cambriolée et ses propriétaires tués. La police ne tarda pas à découvrir tout un arsenal de chiffres et d'émetteurs. Les liens étroits des joailliers avec Eugène n'étaient un secret pour personne. Il enjoignit donc sa femme de préparer des bagages légers pour elle et sa fille. Ils devaient partir immédiatement. De toute façon, Eugène lui ôtait depuis longtemps toute illusion de libre choix.

Quand on vint l'interroger, la grande maison était vide. Moscou lui avait intimé l'ordre de quitter Le Caire de toute urgence pour se rendre à Prague. Il n'y avait pas d'alternative. Il fallait obéir, et vite. Une nouvelle vie commençait pour le couple.

Sorge, virtuose de l'« orchestre rouge »

Au cours de cette période, le Kremlin multiplia les structures d'espionnage, montant un véritable « orchestre rouge » composé de virtuoses du renseignement. Parallèlement aux services secrets d'État, l'Internationale communiste (Komintern) fonda un département organisant le travail des émissaires « illégaux » à travers le monde.

Savaient-ils, ces militants du Komintern, que les informations qu'ils transmettaient étaient destinées aux services secrets moscovites ? La question est purement théorique, car pour l'écrasante majorité des communistes de l'époque, le combat au nom de la révolution et la défense de l'Union soviétique, « patrie incontestée du socialisme réel », se confondaient.

Richard Sorge, l'« illégal » qui œuvra le mieux au sein du renseignement militaire du Kremlin, était animé d'un tel esprit. Cet « érudit romantique et idéaliste à l'allure saisissante, bourré de charme », comme le décrivit plus tard l'une de ses admiratrices, devint rapidement le « premier violon » de ce formidable orchestre qui ralliait les grandes figures de l'espionnage.

Ce fut la situation en Allemagne dans les années 1920, au lendemain de sa défaite à l'issue de la Première Guerre mondiale, qui suscita son engagement. L'insurrection spartakiste y ayant été écrasée dans le sang, des officiers de droite tentèrent un putsch.

Combats de rue, assassinats politiques se succédèrent. Surgirent aussi les premières danseuses nues et les jeux morbides, quand certains s'amusaient à faire l'amour dans un cercueil. Le sexe et la mort fleurissaient sur le même arbre de désolation... Appauvries, affamées, des femmes naguère fières et farouches se vendaient au premier venu. Sur une affiche, on put un jour découvrir un squelette dansant dans la rue avec une fille dévêtue, assorti de ces mots : « Berlin, ton partenaire est la Mort. »

Un jeune et beau garçon prénommé Richard Sorge se cherchait, face à cette réalité sordide. Il était né en 1895, près de la mer Caspienne, d'un père allemand, ingénieur d'une société pétrolière appartenant à Alfred Nobel, et d'une mère russe. Richard fut élevé à Berlin. Son grand-oncle, Friedrich Sorge, avait été le secrétaire de Karl Marx.

En 1914, il s'engagea comme « étudiant volontaire ». Blessé trois fois sur le front russe, il fut réformé en 1916. Il reprit alors ses études de sciences politiques à Hambourg et obtint un doctorat en 1919. La même année, Sorge adhéra au parti communiste allemand : il travailla activement au comité militaire du PC dans la Ruhr occupée, se présentant à ses amis sous le nom d'« Ika[1] ».

1. Les initiales de l'Internationale communiste de la jeunesse dont il avait été le délégué allemand.

Lorsque, au milieu des années 1920, il devint évident que la révolution à Berlin n'était pas au coin de la rue, nombre de militants révolutionnaires d'Allemagne rejoignirent la capitale de l'URSS. En 1924, Sorge se rendit ainsi à Moscou avec sa femme. Le couple prit alors secrètement la nationalité soviétique.

À compter de cette date, Sorge opéra comme agent souterrain du Komintern : il rentra en Allemagne en 1925, puis, en 1927, partit clandestinement aux États-Unis pour créer une cellule de sympathisants dans les milieux du cinéma hollywoodien.

En 1929, il fut recruté par les services secrets de l'Armée rouge qui l'envoyèrent comme « résident illégal » à Shanghai, principal centre économique de la Chine, sous couvert d'une activité de correspondant pour des journaux allemands et américains. Il était chargé d'y édifier un réseau soviétique.

Cette nouvelle affectation tomba à pic. En effet, le 30 janvier 1930, le politburo, instance dirigeante du parti et – *de facto* – de l'État soviétique, passa en revue les opérations d'espionnage. Ordre fut donné d'intensifier la collecte de renseignements dans trois zones cibles : les puissances européennes prépondérantes (Grande-Bretagne, France et Allemagne), les voisins occidentaux de l'URSS (Pologne, Roumanie, Finlande et pays baltes) et le Japon, son principal rival en Asie. Les efforts dominants portèrent donc sur la multiplication des résidences illégales.

En 1933, le Kremlin dépêcha Sorge au Japon. Sa première mission fut de renforcer deux années durant sa couverture de journaliste allemand – nationaliste, ancien combattant et adepte de l'idéologie nazie –, puis de s'employer à monter un réseau d'espionnage. Il disposait d'un mandat exceptionnel pour un « illégal » soviétique : la totale liberté de recruter directement ses agents, sans avoir à en référer à Moscou. Sorge exécuta cette mission pendant huit ans, bien au-delà des espérances de Moscou. Il eut très vite ses entrées à l'ambassade d'Allemagne à Tokyo, où il devint le véritable confident de l'attaché militaire envoyé par le Reich nouvellement proclamé, le colonel Ott.

Fort de ses remarquables connaissances du Japon, le « grand illégal » guida le colonel dans les méandres de la vie politique tokyoïte. Et l'agent de Staline ne tarda pas à discuter avec le haut dignitaire nazi de la teneur des rapports destinés à Hitler[1] !

Sorge se rendit de nouveau aux États-Unis en 1935 et, de là, passa clandestinement à Moscou. Sa mission lui avait été spécifiée ; Staline souhaitait une réponse à cette question centrale : « Le Japon a-t-il l'intention d'attaquer l'Union soviétique ? »

En 1938, sa « source d'information exceptionnelle », le colonel Ott, promu général, lui succéda au poste d'ambassadeur de l'Allemagne nazie au Japon. Plus que jamais, le jugement de son « ami Sorge »

1. Sorge constitua une équipe hors pair avec le communiste allemand Clausen comme opérateur radio ; Voukelitch, d'origine yougoslave, nostalgique du panslavisme, comme spécialiste du renseignement militaire ; Ozaki Hotsumi, un journaliste sympathisant communiste ; et Yotoku, fils d'une bonne famille japonaise libérale et représentant type de la « gauche caviar » ; sans parler des multiples conquêtes féminines que ce maître espion et vigoureux amant utilisa sans vergogne pour assurer le soutien logistique de ses opérations de renseignement.

allait lui être nécessaire. De fait, Sorge fut en mesure d'aviser le Kremlin des débats stratégiques décisifs au sein du haut commandement japonais : attaque de l'URSS ou offensive contre les Américains dans le Pacifique.

Pourtant, le « grand illégal » réussit à dénicher une information encore plus importante : dès l'été 1940, « Ramsay » (son nom de code) envoya un premier message annonçant un projet d'attaque allemande contre l'Union soviétique. Le 30 mai 1941, il avertit Moscou que l'ambassadeur Ott venait d'être instruit par Berlin de la date de l'opération, fixée à la deuxième quinzaine de juin (l'invasion nazie débuta effectivement le 22 juin 1941). Mais Staline se défia de ce renseignement capital, y voyant une manœuvre de désinformation des Britanniques.

Cinq mois plus tard, Richard Sorge lui fit savoir que Tokyo avait abandonné l'idée d'attaquer la Russie. Partant, Staline put brûler ses dernières cartouches : l'armée d'Extrême-Orient qui avait à l'origine pour mission de défendre les frontières orientales contre le Japon. Personne ne savait que le tsar rouge disposait encore de cette réserve de sept cent mille « hommes secrets ».

À vrai dire, Sorge peut être considéré comme l'un des véritables sauveurs de Moscou en octobre 1941. Car juste avant son arrestation, au moment le plus critique de l'offensive allemande, il avait transmis cette donnée primordiale : le Japon avait finalement décidé d'entrer en guerre, non pas contre l'Union soviétique, mais contre les États-Unis pour conquérir le sud-est du Pacifique.

Staline crut-il cette fois son grand agent – à la différence de juin 1941 ? Ou bien était-il déjà persuadé, depuis le blocus économique du Japon décrété par Roosevelt en juillet 1941, que la guerre était inévitable entre Tokyo et Washington ? En tout état de cause, le dictateur du Kremlin ordonna de dégarnir le front sibérien et de jeter ces forces ultimes à l'Ouest – contre l'armée allemande.

Mais Sorge paya cher cet exploit : lui-même et les membres de son réseau furent arrêtés. Interrogé par la police japonaise, Clausen, son radio, pour sauver sa vie et celle de sa femme, livra le code soviétique. Un échange contre des espions japonais capturés en Sibérie fut un temps envisagé, mais Staline s'y refusa.

Finalement, le 7 novembre 1944, Sorge et son principal complice japonais, l'influent journaliste Ozaki Hotsumi, furent pendus à la prison de Sugamo.

2.
Le sommet de l'espionnage

Un recruteur hors pair

Ce fut en Grande-Bretagne que se constitua un groupe légendaire – sans doute les indicateurs soviétiques les plus efficaces d'Occident : les « cinq de Cambridge ». Arnold Deutsch, leur principal recruteur, un Juif autrichien, se signala du reste comme l'un des plus illustres « grands illégaux » au service du Kremlin.

Son parcours universitaire était éblouissant. À vingt-quatre ans, il avait déjà reçu le titre de docteur de l'université de Vienne en s'imposant comme chimiste. Séduit par l'image révolutionnaire de l'État soviétique, il adhéra au parti communiste. Pour dissimuler cet engagement politique, il se présentait alors volontiers comme un religieux fervent, d'autant que son authentique intérêt pour la spiritualité ne l'avait jamais empêché de s'attacher avec enthousiasme aux principes marxistes.

Ses études achevées, il fut enrôlé comme « illégal » du Komintern. Ainsi le rencontra-t-on en Roumanie, en Grèce, en Palestine et en Syrie. Ses nombreux titres universitaires allaient dès lors servir de couverture à son activité dominante : l'espionnage.

Au début de l'année 1934, sur ordre du Kremlin, il s'installa à Londres. Ce brillant maître de conférences devint un familier des milieux universitaires les plus prestigieux. Afin de renforcer sa couverture, il suivit parallèlement des cours de troisième cycle en psychologie, tandis que sa femme achevait à Moscou une formation d'opérateur radio. D'ailleurs, elle ne tarda pas à le rejoindre dans la capitale britannique, où le couple assura promptement l'enrôlement de vingt agents et prit contact avec neuf autres.

Une stratégie simple et directe de recrutement fut la clé du succès de Deutsch. Les jeunes progressistes des grandes écoles, notamment à Oxford et à Cambridge, mobilisaient toute son attention. C'était en effet, comme nous l'avons vu, un cadre idéal pour approcher les futurs agents. Cinq jeunes diplômés de Cambridge – Anthony Blunt, Guy Burgess, John Cairncross, Donald MacLean et Kim Philby – formèrent ainsi le groupe le plus célèbre des recrues du Kremlin, qui parvint très vite à infiltrer les plus hautes sphères de l'administration britannique, à entrer au Foreign Office ou dans les services de renseignements.

Pendant la Seconde Guerre mondiale, Moscou les appelait « *the Five* », mais plus tard, après la sortie du western *The Magnificent Seven* (*les Sept Mercenaires*), les agents soviétiques de Cambridge furent rebaptisés « *the magnificent Five* ».

Ce succès sans précédent s'explique par le fait que le profil de leur recruteur répondait parfaitement aux attentes des « cinq ». Deutsch était un professionnel de l'espionnage et aucun détail n'échappait à son regard perçant. Il lui arrivait souvent, par exemple, de feindre de quitter un lieu pour s'assurer que sa voiture n'était pas suivie et de rentrer ensuite en empruntant les transports en commun et en changeant plusieurs fois d'itinéraire. Tel un James Bond avant l'heure, il cachait les microfilms de documents secrets dans des brosses à cheveux, des nécessaires de voyage ou des ustensiles domestiques. La plupart de ses rapports destinés au Kremlin étaient écrits à l'encre sympathique.

Outre ces questions techniques, l'aspect psychologique revêtait pour Deutsch une importance primordiale. Il savait pertinemment que, pour les « cinq de Cambridge », la dimension sexuelle de leur vie était aussi essentielle que n'importe quelle analyse politique. En rebelles exaltés, ces jeunes Britanniques affichaient ostensiblement leur rejet des mœurs strictes héritées de la tradition victorienne. Burgess et Blunt étaient homosexuels ; MacLean, bisexuel ; Cairncross et Philby, hétérosexuels disons passionnés.

Un demi-siècle plus tard, Philby racontera, avec un lyrisme tout à fait inhabituel pour un agent secret, sa première rencontre avec son recruteur :

« C'était un homme merveilleux. Absolument merveilleux. La première chose qu'on remarquait chez lui, c'était ses yeux. Il vous regardait comme s'il n'y avait rien de plus important au monde que d'être là avec vous et de vous parler… »

Philby and Co.

Harold Adrian Russel Philby naquit le 1er janvier 1912 au Pendjab, où son père était inspecteur des colonies de l'Empire britannique avant de se convertir à l'islam et de devenir le protégé de l'élite arabe. Surnommé « Kim », en référence au héros de Rudyard Kipling, le jeune Philby marchera lui aussi toute sa vie hors des sentiers battus.

Tout commença pendant ses études : Philby, diplômé d'histoire au Trinity College, était féru de son professeur d'économie, marxiste convaincu, l'un des fondateurs du parti communiste, Maurice Dobb. Suivant sans hésitation l'exemple de son maître à penser, Kim adhéra au parti. À vrai dire, ce collège de Cambridge était truffé de sympathisants communistes et la cellule de Trinity était la plus importante de l'université. Philby et deux autres étudiants, Guy Burgess et Anthony Blunt, y devinrent inséparables en fréquentant une amicale étudiante – la Société des apôtres – qui réunissait les professeurs et les étudiants les plus brillants.

En juin 1933, à l'issue de ses études, Philby n'avait qu'une idée en tête : devenir un « illégal » du

Komintern. Ainsi passa-t-il l'année 1934 à Vienne, servant de courrier pour le PC autrichien clandestin. Son cher professeur l'introduisit auprès d'un grand metteur en scène des messes communistes en Europe, Willy Münzenberg[1], député au Reichstag.

C'est en Autriche que se forgèrent définitivement les convictions du jeune Anglais. Son destin changea après sa rencontre avec une jeune et flamboyante étudiante divorcée, Litzi Friedmann, qu'il épousa. Ce fut une véritable passion, une sorte de fusion à la fois charnelle et spirituelle.

À Vienne, Philby fit aussi la connaissance de Deutsch, son futur recruteur, qui n'évoqua pas d'emblée une mission d'espionnage au profit du Kremlin, mais mentionna seulement en termes vagues une collaboration à la lutte clandestine de l'Internationale communiste contre le fascisme :

« Nous avons besoin de gens capables d'infiltrer les institutions bourgeoises. Faites-le pour nous. »

Puis il suggéra à Philby de rompre officiellement tout lien avec le parti communiste britannique et de pénétrer les milieux profascistes.

Les quatre autres grands informateurs issus de la même université allaient bientôt être recrutés par Moscou.

Philby rendit son premier service notable au Kremlin en proposant une recrue de valeur. Il s'agissait du fils d'un ancien ministre, haut dignitaire de l'Empire bri-

---

1. Que nous avons déjà mentionné lors de la préparation du congrès antifasciste de Paris ; voir le chapitre « Koltsov ou l'ange noir ».

tannique, Donald MacLean. Brillant et affable, le jeune homme avait ses entrées partout et incarnait l'agent secret idéal.

Ayant obtenu son diplôme de langues modernes au collège de Trinity Hall en 1934 et songeant à une carrière universitaire, MacLean ne manifestait aucun désir d'entrer dans la fonction publique. Mais c'était sans compter sa rencontre avec Deutsch au mois d'août. Il changea subitement d'avis et annonça à sa mère qu'il avait l'intention de préparer les concours d'entrée au Foreign Office. Il avait accepté de travailler pour Moscou.

La troisième recrue, Guy Burgess, poursuivait ses études au Trinity College où il préparait tranquillement une thèse de doctorat en histoire. Il s'était également enflammé à l'idée de mener une guerre souterraine contre le fascisme pour le compte de l'Internationale communiste. Lors d'une nuit d'amour, bravant les instructions de Moscou, MacLean lui aurait confié qu'il avait été investi d'une mission secrète. Burgess, impressionné, voulut absolument prendre part à l'aventure. Aussi MacLean lui organisa-t-il immédiatement une première entrevue avec son recruteur.

Burgess était l'une des figures emblématiques de Cambridge. Ce remarquable conteur était autant à l'aise dans les discussions intellectuelles que dans les beuveries en compagnie de ses multiples amants, affichant avec fierté ses convictions communistes et son homosexualité. On aurait pu penser que l'excentricité de Burgess lui interdirait une carrière d'espion. Mais il n'en fut rien. Moscou considéra que cette attitude peu conventionnelle constituait une excellente couverture.

Burgess fut donc invité à participer à la « lutte clandestine contre le fascisme », autrement dit à devenir un agent secret soviétique. Au début de l'année 1936, alors producteur à la BBC, il mit les Soviétiques en contact avec son amant Anthony Blunt, autre brillant diplômé de Cambridge, historien d'art.

Le « cinquième homme » était l'Écossais John Cairncross. Étudiant remarquable, il fut admis au Trinity College en 1934, après avoir passé deux ans à l'université de Glasgow et obtenu, à la Sorbonne, une licence ès lettres. Cette fois-ci, le Kremlin tabla non seulement sur son marxisme passionné, mais aussi sur sa frustration face à la classe dirigeante britannique. Ce jeune homme d'origine modeste détestait en effet les représentants de la haute aristocratie qui le traitaient avec dédain.

Splendeur et misère des « cinq »

Les cinq espions entamèrent bientôt leur carrière dans l'administration britannique. Au mois d'août 1935, MacLean réussit avec brio ses examens d'entrée au Foreign Office. Interrogé sur ses « sympathies communistes », il répondit subtilement en faisant valoir un petit péché de jeunesse.

Plus tard, dans un élan romantique insolite, le KGB désignera dans ses documents Philby, MacLean et Burgess comme « les trois mousquetaires des temps modernes inaugurant la marche triomphante au cœur des corridors de la haute administration britannique ».

Les agents de Cambridge avaient-ils déjà compris qu'ils travaillaient pour le Kremlin ou croyaient-ils toujours participer à la lutte clandestine du Komintern contre le fascisme ? La réponse à cette question fut donnée par leur propre recruteur dans une de ses dépêches :

« Ils savent tous pertinemment qu'ils œuvrent pour l'Union soviétique. Mais mes relations avec eux reposent sur notre appartenance au parti. »

À cette époque, des informations extrêmement précieuses furent livrées par MacLean et Cairncross.

Le premier transmit à Staline, en novembre 1937, le compte rendu secret de l'entretien de lord Halifax, alors président du Conseil, avec Hitler. Ce document fit forte impression sur Staline et renforça sa méfiance à l'égard des Britanniques, lord Halifax y qualifiant l'Allemagne nazie de « bastion occidental contre le bolchevisme ».

Avec le temps, Kim Philby allait devenir le plus renommé et le plus efficace des espions de Staline. Sa carrière fut pourtant semée d'embûches et plus lente que celle de ses quatre collègues. Il dut d'abord renoncer à intégrer la fonction publique à cause de sa sensibilité politique trop marquée à gauche. Pour se composer une autre réputation, il collabora en 1937 à une revue libérale et adhéra à l'Association anglo-allemande prohitlérienne. Puis le déclenchement de la guerre civile espagnole lui fournit l'occasion d'accomplir sa première grande mission de renseignement.

Philby arriva en Espagne au mois de février 1937, comme correspondant de guerre du prestigieux journal britannique *The Times*. Il devint bientôt l'attraction des médias quand, en sa présence, trois journalistes furent tués par un obus tandis qu'il s'en tirait avec une blessure légère.

Quelques semaines après son départ pour l'Espagne, la résidence soviétique illégale de Londres reçut l'ordre – approuvé par Staline en personne – de charger Philby d'assassiner le général Franco. Philby, qui avait été décoré par le Caudillo, pouvait en effet accéder facilement aux milieux dirigeants antirépublicains.

« Ma blessure en Espagne, affirmera-t-il plus tard, me facilita énormément le travail, tant pour le journalisme que pour le renseignement. »

Staline abandonna toutefois son projet de « liquider » Franco. Il faut dire que, depuis le printemps 1937, Moscou concentrait son attention sur les affrontements internes du camp des républicains et surtout sur l'élimination des trotskistes. Vers la fin de cette année, en Union soviétique, la traque des « ennemis du peuple » prit le pas sur la collecte de renseignements.

Pendant les purges, les talents exceptionnels des « cinq de Cambridge » demeurèrent en suspens. Enlisé dans la paranoïa de la Grande Terreur, Staline suspectait la plupart de ses agents secrets.

La tension internationale était à son comble. Le 30 septembre 1938 furent conclus les accords de Munich. Tandis qu'à Londres Chamberlain était accueilli en héros, brandissant une feuille de papier sans valeur contresignée par Hitler, à Paris, Édouard Daladier faisait également un retour triomphal.

Choqués par la « lâcheté des dirigeants occidentaux », les « cinq de Cambridge » étaient à mille lieues d'imaginer que, moins d'un an plus tard, Staline signerait un pacte avec Hitler. Pour eux, Munich confirmait la justesse de leur engagement.

À l'époque, Staline en conclut que le renseignement en Grande-Bretagne était « fondé sur des sources douteuses contrôlées par des ennemis du peuple, et donc extrêmement dangereux ». Il rompit tout contact avec les « cinq ». Certes, leurs informations étaient enregistrées, mais le dictateur rouge ne s'y intéressait guère. Paradoxalement, ce manque d'attention n'entama nullement l'ardeur de ces derniers. Burgess devint l'assistant d'un parlementaire et se construisit une sorte de sous-réseau personnel, s'appuyant largement sur ses relations homosexuelles. À tel point que Beria commença à surnommer les « cinq de Cambridge », « mon Homointern » !

Le spectacle qu'offrit Staline buvant à la santé du Führer avec Joachim von Ribbentrop, ministre allemand des Affaires étrangères, lors de la signature du pacte de non-agression germano-soviétique, le 23 août 1939, bouleversa les agents britanniques. Cependant, ils continuèrent de remplir leur mission.

Durant l'été 1940, Burgess parvint à faire embaucher Kim Philby à la section D du MI6. Celui-ci fut alors chargé de l'« instruction politique des saboteurs destinés à être envoyés en Europe ». Pourtant, Moscou demeura méfiante à son égard. Elle s'étonnait notamment des informations selon lesquelles la Grande-Bretagne n'envisageait pas d'envoyer des saboteurs en URSS.

Dans l'intervalle, Philby grimpa rapidement les échelons pour accéder, quatre ans plus tard, à un poste clé : celui de responsable de la section de surveillance des activités soviétiques et des partis communistes du monde entier. Quel jeu de dupes ! Cet agent de Staline, intelligent, charmeur, parlant cinq ou six langues, était chargé de coordonner la lutte des Britanniques contre les espions du Kremlin !

Au début du mois d'avril 1942, Moscou procéda à une analyse exhaustive des dossiers communiqués l'année précédente par Philby. Les conclusions lui furent défavorables. Le Kremlin refusa d'admettre que les services spéciaux britanniques, alors presque entièrement voués à l'effort de guerre, attachaient moins d'importance à l'espionnage contre l'URSS.

Encore un paradoxe de l'histoire : les « cinq de Cambridge », qui passeront plus tard pour les plus grands agents secrets de Moscou, ne bénéficiaient plus alors d'aucun crédit, parce qu'ils avaient échoué à apporter la preuve d'une vaste conspiration contre l'Union soviétique. Complot évidemment imaginaire, mais auquel Staline croyait fermement…

En octobre 1942, le dictateur rouge écrivit à son ambassadeur à Londres :

« À Moscou, nous avons tous l'impression que Churchill vise la défaite de l'URSS pour pouvoir pactiser avec l'Allemagne de Hitler aux dépens de notre pays. »

Le 25 octobre 1943, Moscou informa la résidence de Londres qu'il ne faisait désormais plus de doute que les « cinq de Cambridge » étaient des agents doubles travaillant pour les services secrets britanniques ! Ces informateurs ne servaient donc qu'à intoxiquer le Kremlin.

Le rapport de Philby (selon lequel la Grande-Bretagne n'était alors nullement engagée dans des opérations contre l'Union soviétique) fut qualifié par Moscou de « manifestation évidente de désinformation ». Cette théorie du complot expliquait cependant mal pourquoi les « cinq » parvenaient à livrer tant de précieux renseignements…

Les informations transmises par Cairncross sur les dispositions de la Luftwaffe jouèrent ainsi un rôle crucial lors de la bataille de Koursk en 1943 : grâce à elles, les bombardiers soviétiques procédèrent à des frappes préventives massives sur des aérodromes allemands bien ciblés. Mais Moscou, toujours obsédée par l'idée d'une conspiration, en vint à considérer l'agent à l'origine de ces précieux renseignements comme un pion dans une opération d'intoxication…

Beria ordonna donc à la résidence de Londres de mettre sur pied un nouveau réseau d'« illégaux » distinct des « cinq de Cambridge », tout en gardant contact avec eux.

Dans ces affaires d'espionnage, les tragédies tournent souvent à l'opéra bouffe et les drames se griment en opérette. Afin de découvrir la nature exacte du prétendu complot britannique, Moscou mit à exécution un plan rocambolesque : elle envoya à Londres une équipe de huit hommes chargés de suivre « minute par minute » les « cinq de Cambridge », dans l'espoir de surprendre un contact avec leurs officiers traitants britanniques (lesquels, rappelons-le, n'existaient que dans l'imagination délirante des analystes soviétiques).

Mais ce déploiement de surveillance fut un échec cuisant. Non seulement ces observateurs ne parlaient pas anglais, mais ils portaient des vêtements typiquement soviétiques qui les rendaient facilement repérables ! L'absurdité de cette initiative en dit long sur les aspects paranoïaques du système de renseignements de Staline.

Il faudra attendre 1944 pour que les « cinq de Cambridge » soient officiellement lavés de tout soupçon de double jeu au profit des Britanniques. Moscou fit alors savoir à la résidence londonienne que le contenu important de récents documents livrés par Philby était en grande partie recoupé par d'« autres sources[1] ».

En effet, les rapports émis début 1944, portant sur la création, au SIS, de la section IX chargée d'étudier les activités soviétiques et communistes, furent particulièrement appréciés. À la fin de l'année, comme nous l'avons vu, Philby se vit confier la responsabilité de cette cellule qui s'était élargie. Il filtrait les informations relatives à l'espionnage soviétique et à la subversion à l'échelle internationale…

Dopés par les amabilités récentes du Kremlin, les agents de Cambridge MacLean et Burgess firent preuve de davantage d'efficacité. Au printemps 1944, MacLean obtint un poste à l'ambassade de Washington. Son travail fut vite remarqué. Il suivait de près la collaboration anglo-américaine visant la construction de la bombe atomique. Quant à Burgess, il était devenu d'autant plus utile aux yeux du Kremlin qu'il avait rejoint le service de presse du Foreign Office. Sous le prétexte de se documenter pour bien assurer les points de presse, il remplissait régulièrement une grande serviette de dossiers secrets, qu'il

1. Dès lors, le contact avec Philby devait être maintenu à tout prix : « Exprimez-lui beaucoup de gratitude de notre part pour son travail. Si vous le jugez à propos et possible, offrez-lui avec le plus grand tact une prime de 100 livres sterling ou un cadeau de même valeur. » Cette reconnaissance tardive provoqua, chez l'agent secret, une réaction pathétique : « Durant cette décennie, dit-il, jamais je n'ai été aussi profondément touché qu'aujourd'hui, avec ce cadeau du Kremlin. Jamais non plus je n'ai été plus profondément ému que par votre message [de remerciement]. »

emportait chez lui… Durant cette période, le « roman des cinq de Cambridge » atteignit son apogée.

Mais la victoire contre l'Allemagne nazie en 1945 changea la donne : les réputations et les influences se faisaient et se défaisaient au Kremlin. Personne ne savait à quelle fréquence s'y réunissaient les instances supérieures. Les décisions stratégiques en matière d'espionnage étaient prises en petit comité, de manière informelle, lors des réceptions données par Staline dans sa datcha, auxquelles seuls ses acolytes les plus influents étaient conviés. L'atmosphère était lourde ; la peur, palpable.

Si le tsar rouge jouait les hôtes aimables, un rien suffisait à le faire sortir de ses gonds. Une serveuse s'arrêtait un instant de trop pour disposer des couverts et il éclatait : « Qu'est-ce qu'elle a à nous espionner ? »

Face à la vaste tâche de la reconstruction, le dictateur pensait plus que jamais qu'il fallait restaurer la discipline et l'autorité patriotique du régime, insistant sur sa supériorité par rapport à l'Ouest. D'ailleurs, Staline apprit grâce à Philby les propos laconiques que le Premier ministre britannique, Churchill, avait tenus en privé à son adresse, comparativement à Hitler : « Nous avons tué le mauvais cochon ! »

Profondément blessé, Staline ne pardonna jamais ces « excès de langage ». Tous les contacts des Soviétiques avec l'Occident furent interdits ; la terreur s'accentuait.

Cependant, les « cinq de Cambridge » poursuivaient leur mission secrète au profit de l'Union soviétique. En 1949, Donald MacLean, alors âgé de trente-cinq ans, fut nommé conseiller au Caire, un passage obligé avant de devenir ambassadeur : l'étape incontournable d'une carrière brillante, d'autant que l'Égypte – comme nous l'avons vu – était l'un des mandats les plus prestigieux de la diplomatie.

À la même époque, le 8 octobre, Kim Philby fut affecté à un poste d'officier de liaison entre les services secrets britanniques et la CIA. Il était parvenu au cœur même de l'appareil de renseignements occidental.

Tout semblait donc réussir aux « cinq de Cambridge ». Mais un malheureux concours de circonstances allait les perdre.

Les Américains et leurs alliés consignaient systématiquement les communications chiffrées des Soviétiques. Ces télégrammes ne dormirent pas longtemps dans les archives. En 1948, Gardner, un talentueux chercheur américain, analysa les centaines de messages enregistrés durant la guerre[1]. Son travail de fourmi fut facilité par les fragments d'un livre de chiffres soviétiques à demi brûlé, dont les Finlandais s'étaient emparés en juin 1941[2].

Un grand pas fut accompli lorsque les Américains s'aperçurent que l'ambassade soviétique à Washington avait utilisé à deux reprises, en 1942, les mêmes grilles de référence pour chiffrer ses messages.

---

1. Ce programme, devenu célèbre, reçut pour nom de code « Venona ».
2. Les chiffreurs de l'Armée rouge se devaient de détruire en priorité les livres de codes avant d'être faits prisonniers. Mais l'un d'eux fut arrêté par les Finlandais alors qu'il était en train de brûler son manuel. On parvint à retirer le livre des flammes avant sa complète destruction. Certains noms figuraient avec leur correspondance en chiffres. Les Finlandais conservèrent ce « trésor » jusqu'à la fin de la guerre, puis le transmirent en 1944 aux Américains. Ainsi disposa-t-on d'une base sérieuse pour le décryptage des télégrammes.

L'étau commençait à se resserrer. À la fin de 1950, les enquêteurs américains n'avaient plus que trente-cinq suspects. En janvier 1951, ils n'étaient déjà plus que quatre, tous diplomates. Parmi eux, Donald MacLean.

C'est dans ce contexte que Guy Burgess, affecté lui aussi à l'ambassade, rejoignit Philby à Washington le 4 avril. Il s'installa « provisoirement » dans un appartement aménagé à l'entresol de la demeure des Philby. Alcoolique, avec en plus une dangereuse inclination pour les drogues, Burgess était particulièrement instable. Très vite excédées par ses frasques, les autorités britanniques décidèrent de le rappeler à Londres. Son départ rendit en quelque sorte service à Philby qui venait d'apprendre que les soupçons de la CIA et du FBI s'étaient définitivement concentrés sur Donald MacLean.

Sans le savoir, Kim Philby venait de mettre en route le mécanisme qui allait briser sa carrière. Rentré à Londres au début du mois de mai, Burgess raconta tout à Blunt qui, à son tour, avertit MacLean. La situation n'était pourtant pas encore désespérée. Il n'y avait en fait aucune preuve tangible contre MacLean et les Américains refusaient que l'on fasse état publiquement du programme Venona et de ses résultats.

Si MacLean niait et s'accrochait à sa version, il risquait tout au plus d'être renvoyé de la fonction publique. Mais, se connaissant bien, il doutait de sa capacité à supporter un interrogatoire. Beria arrangea donc sa fuite à Moscou. On en profita pour convaincre Guy Burgess de l'accompagner.

Le vendredi 25 mai 1951, à bord d'une Austin Healey blanche, deux élégants gentlemen, Burgess et MacLean, embarquaient sur un ferry à destination de Saint-Malo. Les compères gagnèrent Rennes, puis Paris et Berne. Là, dans la soirée du dimanche 27 mai, l'officier des services secrets soviétiques les fit monter dans un avion pour Prague, d'où un appareil militaire les transporta directement à Moscou.

Une nouvelle vie commençait. Au début, l'accueil fut plutôt chaleureux. Le chef du renseignement étranger soviétique les reçut même personnellement, en pleine nuit, dans son bureau. De sa bouche, Guy Burgess apprit que le chemin qu'il avait pris était sans retour et qu'il ne reverrait jamais l'Angleterre.

Beria avait donc décidé de mettre Burgess hors circuit et considérait que deux de ses agents étaient grillés. Ce fut une erreur, car, en fait, les « cinq de Cambridge » furent tous compromis par cette « exfiltration ». La défection de Burgess, ami notoire de Philby, fixa le sort de ce dernier qui fut alors rappelé à Londres et longuement interrogé. Mais rien ne prouvait qu'il fût mêlé à l'affaire des « diplomates disparus ».

À chaque fois que Philby trébuchait, ses interlocuteurs britanniques lui tendaient une perche pour l'aider à s'en sortir ! Il est évident que, pour ne pas déclencher un énorme scandale mettant en danger leurs relations privilégiées avec les Américains, les services de Sa Majesté préférèrent couvrir Philby, tout en sachant pertinemment qu'il était un agent soviétique. Officiellement blanchi, mais sous étroite surveillance, celui-ci fut toutefois contraint de démissionner. Écarté des sources confidentielles, il devenait beaucoup moins utile à Staline…

Une autre conséquence de la fuite de Burgess toucha John Cairncross. Blunt avait soigneusement « nettoyé » l'appartement de Burgess, mais une série de notes manuscrites échappèrent à sa vigilance. Ces documents conduisirent à Cairncross. Pour éviter un nouveau scandale, les autorités britanniques se résolurent à le limoger. Il quitta la Grande-Bretagne pour s'installer définitivement dans le midi de la France.

Escale à Prague

La fuite de Burgess et de MacLean via Prague concordait avec l'apparition, dans la capitale de la Tchécoslovaquie, de deux autres agents soviétiques déjà rencontrés dans cet ouvrage : Eugène et Marie Panine.

Prague, livre dans les pages duquel il restait tant à lire, à rêver, à comprendre, ville de trois peuples (tchèque, allemand, juif) et, selon Breton, « capitale magique de l'Europe ».

Mais Prague était aussi un carrefour de l'espionnage. Pour Eugène, la capitale était avant tout une pépinière de fantômes, une arène de sortilèges, un piège qui, lorsqu'il vous attrapait avec ses brumes, ses maléfices, son ciel empoisonné, ne vous lâchait plus et ne pardonnait pas.

Je me souviens d'Angelo Maria Ripellino sublimant dans *Praga magica*, à la manière de Nietzsche, la ténébreuse cité :

> « Lorsque je cherche un mot pour exprimer le terme usique, je ne trouve jamais que le mot Venise[1]. »

Homo, Nietzsche, 1888.

> Je dis, quant à moi, que si je cherche un autre mot pour exprimer le mystère, je ne trouve que le mot Prague. Sa beauté est trouble et mélancolique comme une comète, comme une impression de feu, serpentine et sournoise comme dans les anamorphoses des maniéristes, environnée d'un halo de deuil et de ruine, marquée d'une grimace d'éternelle désillusion.

Devant les yeux tristes de ces réfugiés venus du Caire défilaient les paysages de la Bohême avec ses petits châteaux et sa rivière bouillonnante, la Vltava, immortalisée par Smetana.

À Prague, où Casanova fut bibliothécaire et où Mozart créa son *Don Giovanni*, Eugène et Marie arpentèrent la vieille ville plus que millénaire et les ruelles tortueuses des « nouveaux quartiers » datant, eux, du XIVe siècle. Songeaient-ils alors aux paroles de Rainer Maria Rilke ?

> Je connais ma mère chérie, Prague, jusqu'au cœur. Au cœur, je trouve toujours le plus secret et, voyez-vous, il y a tant de choses secrètes, là, dans ces vieilles maisons. Il y a là de vieilles maisons. Il y a de vieilles chapelles, Seigneur, et que d'objets étranges s'y rencontrent ! Des images et des lampes, des coffres entiers, je ne mens pas, des coffres entiers pleins d'or. Et de vieilles chapelles, des couloirs souterrains conduisant très loin sous la ville – peut-être jusqu'à Vienne.

Pour Eugène et Marie, Prague était la première étape sur le chemin du voyage. Une étape qui menaçait de durer plus longtemps que prévu.

Le couple s'organisa. Ils repartaient quasiment de zéro. Mais Marie avait des trésors d'ingéniosité.

Toute à la joie de ce retour vers l'Est, elle avait fait ses bagages avec l'art consommé de ceux pour qui l'exil est devenu une seconde nature. L'expérience lui avait appris très tôt que, dans ces grands déplacements vers l'inconnu, c'est le superflu qui est le plus nécessaire.

Avant de partir du Caire, elle avait pris ses précautions. Eugène voulut protester contre sa façon apparemment fantaisiste de faire leurs bagages, mais ses choix reflétaient sa personnalité profonde. Entre les vêtements chauds dont ils auraient besoin, elle glissa des bougies parfumées, des pièces de tissu chatoyantes, ses livres préférés et son matériel de dessin. Pas question de se séparer de son samovar et de ses icônes qui suivraient dans son grand sac en tapisserie !

Prague fut d'abord pour eux une sorte de nouvelle lune de miel. Main dans la main, ils parcoururent les rues de la vieille ville en faisant des projets d'avenir. Loin de la vie du Caire, l'ancien diplomate redevint un époux attentionné. Tous deux connurent un véritable regain d'amour. Ils allaient, se promenant, admirant le château dominant la cité, les ponts baroques, les monuments flamboyants.

Il y avait quelque chose de libre et de serein, quoique incompréhensible, dans le rythme de ces toitures pointues, ventrues, qui conjuguaient l'Est et l'Ouest. La Vltava, après avoir traversé la Bohême, venait reposer là, sous un ciel marine. À la tombée du jour, dans les brumes mauves du crépuscule, ils rêvaient du moment où ils seraient à Saint-Pétersbourg. Ce premier pas était une réussite.

Au début, Eugène et Marie attendaient chaque jour des nouvelles de leur prochain départ pour leur patrie. Peu à peu, ils comprirent que l'étape serait plus longue que prévu. Il leur fallut alors trouver du travail, subsister, vivre.

L'appartement qui leur avait été alloué était petit, mais confortable. Marie y avait ajouté ses touches de couleur et de fantaisie habituelles. Avec ses petites toques de brocart crânement posées sur la tête, ses longs cheveux blonds tressés de liens soyeux qui descendaient jusqu'à la taille, elle ne passait pas inaperçue. De l'Orient, elle avait gardé le goût de la superposition de tissus chamarrés et s'emmitouflait de châles douillets d'où son visage menu et diaphane émergeait comme celui d'une minuscule idole égyptienne.

Selon les instructions de Beria, Eugène trouva à s'employer à la Bibliothèque nationale. Marie passait ses journées à dessiner et à visiter les musées de Prague, envisageant, si l'attente se prolongeait, de donner des cours de dessin et d'histoire de l'art. Cherchant par tous les moyens à parvenir en Russie, elle se décida à rencontrer le père Alexandre. Le visage du prêtre s'assombrit à l'évocation de Dimitri Bystroletov. Il détourna la conversation et parla de la renaissance du patriarcat en Russie…

Eugène et Marie étaient évidemment étroitement surveillés par Moscou. Leur longue amitié avec Dimitri Bystroletov les rendait d'office suspects. Certes, les messages d'Eugène pendant la guerre avaient été appréciés. Il avait pris des risques et prouvé son engagement. Mais il avait tout le temps été soupçonné d'être un agent double.

Les Anglais avaient réussi à déchiffrer la machine de codes allemande Enigma et prenaient ainsi connaissance des télégrammes les plus secrets du IIIe Reich. Grâce à Philby, le résident du NKVD à Londres avait eu accès à ces données recueillies par l'Intelligence Service en Allemagne – des données essentielles pourtant considérées, on l'a vu, comme de fausses informations par Staline. Or, certains messages décryptés venus de Londres coïncidaient étrangement avec les dépêches envoyées du Caire par Eugène. Ce dernier fut donc suspecté à son tour… Mêlait-il aux renseignements exacts de fausses informations forgées par les Anglais pour tromper les Soviétiques ? Avait-il été mis sans le savoir sous surveillance et été lui-même désinformé ?

Dans le doute, Beria se contenta d'inscrire un point d'interrogation au crayon rouge sur le dossier. Il pouvait vous condamner au peloton d'exécution pour bien moins que cela…

Mais Beria s'était souvenu de sa conversation avec son service d'analyse qui l'assurait de la fidélité et de la fiabilité de son réseau du Caire. En outre, il ne voulait surtout pas que les agents du GRU, les concurrents du NKVD, aient vent de cette affaire. Mieux valait l'enterrer et oublier Eugène à Prague.

En Union soviétique, le destin des hommes était bien fragile ; la vie n'y tenait qu'à un fil. Ce point d'interrogation inscrit sans le moindre commentaire par le maréchal Beria, ministre de l'Intérieur et vice-président du Conseil, leur permit de vivre à Prague sains et saufs, sans être inquiétés ni interrogés.

Les années passaient. Eugène se sentait frustré. L'escale au bord de la Vltava se prolongeait. Il avait cessé de solliciter des entrevues et des explications.

Autour d'eux, des amis disparaissaient du jour au lendemain. On parlait beaucoup des camps de Sibérie où étaient transférés les « ennemis du peuple ». Les motifs de trahison à l'égard du « petit père des peuples », Staline, demeuraient obscurs, même à ceux qui s'accusaient pour être délivrés du supplice des interrogatoires. On y répétait mille fois la même chose, en se creusant la cervelle pour comprendre à quel moment on avait basculé dans la traîtrise. Bien peu en réchappaient.

Marie n'osait plus demander quand aurait lieu la fin du voyage. Elle travaillait, se contentant de modestes bonheurs : aller patiner avec Eugène, comme aux premiers jours de leur idylle au bois de Boulogne, recevoir des amis pour refaire le monde jusqu'à l'aube, organiser des soirées poétiques et des concerts.

Le 6 mars 1953, la voix grave de Lévitan retentit sur les ondes, chargée d'émotion et de solennité. Pour eux, il était le speaker des grandes heures historiques du conflit mondial, celui-là même qu'ils avaient entendu au Caire annoncer que Hitler avait déclaré la guerre à l'Union soviétique.

> Le cœur de Joseph Vissarionovitch Staline, compagnon d'armes et génial continuateur de l'œuvre de Lénine, sage guide et éducateur du parti communiste des peuples soviétiques, a cessé de battre…

Sur les conseils du père Alexandre, qui dînait chez eux ce soir-là, Eugène se rendit immédiatement à l'ambassade où il dut participer à une interminable oraison funèbre.

Ce fut encore le père Alexandre qui, par la suite, leur décrivit la cérémonie à laquelle il assista : le corps de Staline avait été exposé dans la salle des Colonnes, une ancienne salle de bal de l'aristocratie moscovite, devenue la Maison des syndicats. Il reposait sur un catafalque de velours cramoisi, entouré d'une montagne de fleurs.

« Mes amis, dit le vieux prêtre, quand j'ai vu la foule silencieuse et recueillie qui se pressait autour de lui, je me suis dit que la Russie éternelle était là. Au fond, tous ces gens étaient pareils à ceux qui accouraient jadis de nos provinces pour assister aux couronnements et aux funérailles des tsars. C'est à cette Russie-là que nous avons voué notre vie. »

Il raconta aussi l'impressionnante multitude qui s'entassait dans la nuit glaciale sur les voies menant au centre de la ville, vers les rues conduisant au Bolchoï. La même horde massive et muette qui avait résisté à Stalingrad et vaincu à Berlin ! Un flot humain qui s'acheminait vers la salle des Colonnes dans une rumeur de grand fleuve. Ceux qui s'évanouissaient et tombaient mouraient étouffés et piétinés. On dénombra des centaines de morts et de blessés.

Le 9 mars, la dépouille de Staline fut transportée dans son mausolée au son d'une berceuse géorgienne que le dictateur aimait particulièrement.

Le père Alexandre avait gardé pour la fin la grande nouvelle qu'il apportait à Eugène : avant de repartir pour Prague, il avait été convoqué par Beria qui lui avait demandé de regagner Moscou pour de bon. Son interlocuteur lui avait proposé de prendre avec lui ses plus brillants collaborateurs praguois.

« Chers amis, dit-il les yeux brillants de joie, vous rentrez en Russie. Vous venez me rejoindre à Moscou ! »

Il leur cacha soigneusement que la première réaction de Beria avait été très défavorable :

« Quoi ? Ils sont encore en vie ! C'est un miracle, mon père. Vous êtes sûr de tenir à ces gens-là ? Ils ont toujours mené une double vie ! »

Puis il avait ajouté avec un haussement d'épaules que, puisqu'ils y tenaient tellement, Eugène et sa femme seraient autorisés à revenir en Union soviétique.

Ce fut une explosion de joie. Marie baisa mille fois l'icône de la Sainte Famille. Le pope essaya de tempérer ses illusions : elle ne retrouverait pas le pays dont elle rêvait. Peu importait. Elle rentrait chez elle, dans *sa* patrie. C'était la fin de l'exil.

Ils refirent leurs bagages. Tous trois quittaient la Tchécoslovaquie. Direction Moscou.

Les minarets de Samarkand

Quand le haut-parleur annonça Oujgorod, le bourg ukrainien qui marquait la frontière entre la Tchécoslovaquie, la Pologne et la Roumanie, Marie blêmit.

Le contrôle se passa sans incident. Leurs papiers étaient en règle. Le père Alexandre avait veillé à tout. Le douanier sévère avait feuilleté les passeports, mais elle n'avait pas été refoulée du pays qu'elle avait fui autrefois, comme elle l'avait tant redouté. Elle venait de réaliser son rêve, le rêve de tout exilé. Rentrer chez elle.

Marie distribua à son époux et à sa fille les fleurs qu'elle tenait serrées sur sa poitrine et tous deux jetèrent leur bouquet avant que le train ne reprît de la vitesse. Une pluie de couleurs tourbillonnantes s'égailla délicatement sur la terre gorgée d'eau.

Envahis par l'émotion, Eugène et Marie commencèrent à chanter. Ils ne quittaient pas du regard les paysages qui défilaient derrière les fenêtres, l'herbe neuve et vive, les figures gracieuses des coucous dans le ciel…

Comme une promesse tenue, la vie recommençait. Cela, Marie y croyait de toutes ses forces. Son cœur battait à exploser ; elle se représentait les visages de ses parents, mêlait les souvenirs aux visions de l'avenir. Elle était fière d'être allée au bout de son rêve. Enfin, les coupoles dorées des églises moscovites lui apparurent.

Juste avant d'arriver à Moscou, le train s'immobilisa quelques instants, puis repartit. Marie s'en étonna.

« Ils ont dû nous faire changer de voie pour laisser passer un train plus rapide, la rassura Eugène en se replongeant dans son livre.

— Mais non !, s'écria-t-elle. On s'éloigne ! Que se passe-t-il ? »

Incrédule, elle se laissa choir sur la banquette. À cet instant, quelqu'un frappa à la porte du compartiment. Marie alla ouvrir et se trouva nez à nez avec un officier du MVD – l'organe qui avait succédé au redoutable NKVD – en uniforme bleu aux épaulettes dorées.

« Je dois vous transmettre un message de nos supérieurs, dit-il. Il a été décidé que vous devrez passer quelque temps en Ouzbékistan, à Samarkand. Voici les ordres écrits. Vous aimez l'Orient, n'est-ce pas ? Et la vodka ! », ironisa-t-il en leur remettant une musette contenant du saucisson, du pain noir et une bouteille de vodka comme unique boisson.

Marie ferma les yeux et se mit à pleurer en silence. Eugène baissa la tête. Il n'y avait rien à ajouter. Ils avaient eu l'espoir de rentrer chez eux ; à présent, ils y étaient sans y être. Marie ne prononça pas une parole durant l'interminable voyage qui, de bifurcation en bifurcation, les emmena à travers le Kazakhstan jusqu'en Ouzbékistan. Elle se sentait bafouée. D'une certaine manière, Eugène retrouvait un foyer : retourner vers l'Orient ne pouvait que lui plaire…

À la gare de Samarkand, les gens du MVD n'eurent aucun mal à reconnaître le couple. Ils semblaient débarquer d'une autre planète : Eugène en costume prince-de-galles, Marie dans un élégant tailleur de tweed acheté lors de son dernier séjour à Paris.

Contre toute attente, ils furent installés à Samarkand bien plus confortablement qu'à Prague. L'appartement était simplement, mais correctement meublé. Ils disposaient même d'une petite salle de bains soigneusement carrelée. Épuisée, Marie apprivoisa les lieux plus sobrement que d'habitude. Son imagination et son énergie habituelles lui manquaient pour faire, comme les autres fois, d'un logis banal un coin de palais des mille et une nuits.

On lui proposa un poste de professeur de français. Quant à Eugène, il se vit confier, à sa grande joie, une mission de recherches archéologiques sur le site même de Samarkand. Si Marie n'avait porté si ostensiblement le deuil de ses illusions, il aurait fait bon vivre là.

La mort de Staline avait entraîné le retour de nombreux prisonniers des goulags dans toutes les grandes villes du pays. Exténués, brisés, ils racontaient leur supplice.

Le couple retrouva ainsi des aristocrates, amis de leurs familles. Eugène et sa femme se sentirent à nouveau unis dans la culpabilité qu'ils éprouvaient à l'égard de ces malheureux qui n'avaient pas eu la chance de fuir à temps. À côté de ces rescapés de l'enfer, leur vie avait été un chemin de roses ; leurs souffrances, imaginaires. Ni l'un ni l'autre n'avait vu aucun des siens tué ou enfermé. Marie s'adoucit et redevint un peu celle qu'elle avait été. Comment se plaindre de ses petits malheurs face aux tragédies que ces gens rapportaient comme une infernale litanie ?

Plus tard, un de ses amis voulut savoir si on avait eu connaissance, à l'étranger, de l'existence de ces camps, de leur horreur. Marie, pétrifiée de honte, lui assura que non. Mais en son for intérieur, elle était certaine que Dimitri et bien d'autres vivant en Occident avaient toujours su.

On insista encore, voulant comprendre pour quel motif Eugène avait décidé de rentrer en Union soviétique. Pourquoi avait-il accepté de travailler pour le Kremlin après avoir adhéré à la cause blanche dans sa jeunesse ? Marie répondit avec toute la franchise dont elle était capable :

« Eugène est un homme insaisissable. Je me demande encore si c'est un aventurier qui a le goût du risque, un joueur qui aime manipuler les cartes du destin, ou un idéaliste en manque de cause.

« Il est à la fois lucide et utopiste, frimeur et sincère. Il veut être et paraître et a parfois du mal à concilier les deux. Mais nous partagions un même rêve de retour sans nous préoccuper de savoir si la réalité pouvait y répondre. Il poursuivait son Orient et moi, la sainte Russie. Des mythes que l'éloignement rendait d'autant plus fascinants.

« Déjà, à Paris, Eugène pensait que le combat de l'Armée blanche était voué à l'échec. Comme moi, il a cherché sa place dans l'histoire en tentant de sauvegarder son identité.

« La jeunesse russe qui nous entourait était très radicalisée. Il y avait la faction des Russiens ouvertement antisémites et racistes. Il y avait ceux qui, comme nous, pensaient que l'Union soviétique, en dépit des apparences, restait notre patrie. Nous étions jeunes et enthousiastes. Notre ami Dimitri Bystroletov nous a mis en contact avec l'Union des amis de la patrie soviétique. Puis la guerre d'Espagne est arrivée. Nous nous sommes enflammés pour la cause républicaine. À l'époque, nous pensions que seul Staline pouvait vaincre Hitler et Franco… »

Eugène se trouvait rarement dans le salon de sa femme : il préférait parler d'autres sujets, se plaisant à déclarer que Boukhara était la Rome de l'islam, et La Mecque ainsi que Médine, ses Jérusalem. Comme autrefois au Caire, il construisait autour de lui un monde imaginaire dans lequel les vestiges et les pierres étaient plus importants que la réalité médiocre qui l'entourait.

À vrai dire, Eugène avait retrouvé ses habitudes orientales. Il pouvait passer des journées entières à discourir de l'histoire ou du Coran en compagnie de vieux sages ou de derviches. Sa parfaite connaissance de la langue arabe et des traditions de l'Orient lui avait une fois de plus ouvert toutes les portes.

Lorsqu'il regardait au loin les dômes des minarets multicolores noyés dans la lumière du soleil, il se disait que ce tableau suffisait largement à satisfaire son goût de la vie. Il était devenu un collectionneur avisé des antiquités de la région et rapportait de temps à autre à la maison un morceau de marbre, un vieux sabre ou une cuirasse. Incorrigible, il donnait ces reliques à baiser à ses amis ouzbeks, prétendant qu'elles avaient appartenu à un célèbre émir.

De fait, Eugène semblait heureux : Samarkand et Boukhara toute proche évoquaient des mythes qui le hantaient depuis l'enfance.

Les aléas de l'histoire

Mais la grande histoire allait encore une fois décider de leur destin. Ce revirement fut directement lié à la guerre de succession qui éclata au Kremlin. Staline n'ayant pas formellement désigné son successeur, le pouvoir échut collégialement au bureau politique. Il fallait néanmoins un chef.

La plupart des boyards du tsar rouge étaient d'assez extraordinaires personnages, impliqués, comme nous l'avons vu, dans les choix stratégiques et les crimes du régime. Beria, qui avait régné pendant quinze ans à la tête de la police politique – record absolu de longévité à un tel poste –, passait pour le futur maître.

Pourtant, il est certain qu'à partir de 1951 Beria tomba en disgrâce. Staline monta une machination destinée à le placer en position d'infériorité par rapport à Ignatiev, le ministre de la Sécurité d'État. Encourageant en coulisse la jeune garde des membres du politburo, le dictateur lâcha deux bombes sur son homme de l'ombre : l'affaire mingrélienne et le complot des « blouses blanches ».

Cette même année donc, le chef du Kremlin dénonça une conspiration nationaliste en Géorgie.

Les Mingrels, tribu dont Beria était issu, furent accusés d'entretenir des relations antisoviétiques avec les Turcs. Stupeur dans les hautes sphères du pouvoir ! Beria n'était pas seulement pris à parti pour avoir manqué de vigilance et laissé mûrir un mouvement de révolte, mais surtout parce que le complot était ourdi par les siens. En parfait cynique, Staline n'hésita pas à mettre la mère de Beria sur écoute, espérant qu'elle livrerait des preuves de complaisance à l'égard des Mingrels[1].

La réaction fut immédiate. Beria entra dans le jeu de Staline. Il prétendit être au courant de l'affaire, proposa d'y mettre un terme personnellement et partit en croisade contre les Mingrels. Quelques centaines d'innocents choisis au hasard furent sacrifiés…

Le complot des « blouses blanches » éclata alors. Neuf médecins officiels du Kremlin, en majorité d'origine juive, furent accusés d'avoir assassiné de hauts dignitaires soviétiques[2] et de vouloir poursuivre leur œuvre de sabotage en empoisonnant la fine fleur de l'Armée rouge. Ainsi, déclara Staline, « les capitalistes américains projetaient d'anéantir les élites soviétiques ».

Une campagne antisémite d'envergure fut lancée, suivie de bruits insistants à propos des prétendues origines juives de Beria. Une fois encore, ce dernier faillit être torpillé par ses propres méthodes…

Le dictateur, fidèle à sa tactique, voulut du même coup brouiller Beria avec les militaires. Le maréchal

1. Selon le témoignage du général Soudoplatov.
2. Parmi lesquels Chtcherbakov en 1945 et Jdanov en 1948.

Koniev, dans une lettre adressée à Staline, apporta une « preuve » à charge. Il prétendit que le « lobby juif » (les médecins concernés) avait tenté de l'intoxiquer en lui faisant absorber des drogues contre-indiquées. La missive fut versée au dossier. À la demande de Staline, on publia un document contre les praticiens coupables. L'« opinion publique » finit par s'émouvoir. De partout affluèrent au Kremlin des lettres d'indignation…

Dans ce contexte de paranoïa collective, Beria se sentait désormais menacé. Il prépara même la fuite de sa famille à l'étranger. D'après son fils, un avion était prêt à décoller à tout moment de la Crimée pour les emmener à Paris où vivaient leurs proches.

Néanmoins, l'éminence grise de Staline n'avait aucune espèce d'illusion à propos de sa propre évasion : selon sa formule, « il avait fait trop de mal aux Occidentaux pour qu'ils le reçoivent ». Quand sa femme lui reprocha de ne pas quitter ses fonctions, il répondit :

« Tu ne comprends pas, cela ne servirait à rien. À mon niveau, il n'y a que deux portes de sortie : l'une vers l'autre monde et l'autre vers la prison en attendant l'autre monde… »

Il est incontestable que la mort du dictateur fut pour Beria un soulagement ; s'il ne l'avait pas provoquée, il s'en était toutefois réjoui devant témoins. C'est lui qui fut chargé d'organiser les funérailles.

Malenkov, le chef du gouvernement, Molotov, le vétéran de la diplomatie, et Beria constituèrent un triumvirat. Les trois hommes marchèrent en tête des funérailles solennelles de Staline. Beria lâcha alors à

Molotov ces mots énigmatiques : « C'est moi qui ai liquidé le tyran… »

Désormais, le bruit allait courir que le dictateur avait été assassiné. Il est certes impossible de l'affirmer, mais, là encore, il existe plusieurs éléments troublants. D'une part, on sait maintenant qu'il y eut un rapport d'autopsie et que celui-ci a disparu. Pour quelle raison ? Mystère…

D'autre part, le « camarade Beria », qui avait passé la majeure partie de ses belles années dans les services secrets, avait conservé d'excellents rapports dans le milieu policier. Par des amis, il contrôlait la garde personnelle du chef du Kremlin. Sa position tenait en respect ses ennemis.

Ce sentiment de peur se retrouve dans les mémoires de la fille de Staline, Svetlana Allilouïeva :

> Comment mon père a-t-il pu en arriver là ? Je ne sais qu'une chose : il n'a pu y arriver tout seul… Je considère que Beria était plus rusé, plus perfide, plus astucieux, plus effronté, plus acharné, plus ferme et par conséquent plus fort que mon père qui avait les nerfs fragiles, était capable de douter, était plus confiant, plus grossier, plus violent et surtout plus simple. Un malin comme Beria pouvait donc lui donner le change…

Avait-il fait empoisonner Staline ? S'agissait-il d'une simple vantardise ? S'est-on efforcé de faire disparaître des preuves éventuelles ? Grâce aux derniers progrès scientifiques, et à condition de s'en donner les moyens, on pourrait sans nul doute découvrir bien des cadavres dans les placards du Kremlin…

La logique du régime ayant toujours été de placer les services secrets au-dessus de l'État et du parti, Beria semblait donc nettement avantagé. Mais il y avait aussi Khrouchtchev, fils de paysan, ancien ouvrier, quasi analphabète, qui avait été le serviteur zélé de la terreur et avait appris sur le terrain les rouages du haut sérail.

Beria crut alors pouvoir donner toute sa mesure. De fait, au printemps de 1953, il se comporta pendant cent jours comme le troisième tsar rouge, en proposant un véritable programme de désoviétisation, sinon de sortie du communisme, allant d'une détente avec l'Occident jusqu'à l'introduction de l'économie de marché – entreprise à laquelle, même vingt ans plus tard, personne n'oserait s'attaquer. Bref, une sorte de *perestroïka* avant l'heure !

S'agissait-il d'une libéralisation en trompe l'œil selon les méthodes de manipulation propres aux services secrets ? En tout état de cause, les décrets pris par Beria au printemps 1953 furent réellement appliqués, et la terreur apocalyptique qui avait marqué les règnes de Lénine et de Staline ne reprit jamais. Après avoir promu des cadres nationaux dans les républiques soviétiques, Beria se fit l'avocat d'une politique plus souple en Europe centrale. Il ne croyait pas, en particulier, à la soviétisation de l'Allemagne de l'Est et penchait pour une Allemagne unifiée et neutre. Ses projets auraient pu sonner le glas de la guerre froide et en finir avec la domination du parti communiste. Sur ce plan-là, Beria fut le vrai précurseur des futurs réformateurs. Mais il passait la mesure aux yeux de ses pairs qu'il bousculait et méprisait. Leur réaction ne tarda pas.

Beria se rendit au Kremlin, sans méfiance particulière, le 26 juin 1953. Selon son habitude, il se fit accompagner par ses gardes du corps. On ne le fouilla pas à l'entrée. Il portait sous le bras une serviette de cuir noir. L'officier de garde, qui avait la consigne de veiller à ce qu'aucun visiteur ne soit armé, ne pria pas son propre ministre d'ouvrir le fameux porte-documents contenant, dit-on, un revolver.

Beria gagna la salle de réunion. Soudain, le piège se referma. Les portes se verrouillèrent derrière lui. Il posa sa serviette sur la table, à portée de main, jeta un coup d'œil à la ronde et s'assit à côté de Khrouchtchev.

Et ce jour-là, les membres du præsidium se rallièrent à Khrouchtchev. Ce dernier rappela les propos que leur avait tenus un jour un vieux bolchevik : Beria était un espion anglais. Convaincu qu'il était capable de convertir l'URSS aux normes des pays capitalistes, Nikita Khrouchtchev avait déclaré :

« Si nous ne réagissons pas, et tout de suite, cela signifiera la catastrophe pour le parti. Cette question ne nous concerne pas seulement, nous personnellement, elle intéresse beaucoup d'autres encore, bien qu'il soit naturel que nous ne voulions pas laisser Beria nous poignarder dans le dos ! »

Le « traître » ne souffla mot. Il avait déjà été incriminé ici même, au cours d'une réunion du præsidium. Mais à présent, l'attaque était plus grave. Khrouchtchev avait parlé en procureur, avec une passion inattendue, sans daigner jeter un œil sur l'accusé.

Beria n'était pas assez vif pour riposter. Il avait compris qu'on ne lui laisserait pas la possibilité de se défendre. Sa main caressait le cuir souple de sa serviette… Impossible de s'échapper. En moins de trente minutes, la redoutable éminence grise de Staline venait d'être destituée. On avait osé faire ce que le dictateur n'avait jamais fait. On appuya sur le signal. Les portes s'écartèrent en grand.

Beria, traqué, chercha à ouvrir sa serviette de cuir, mais Khrouchtchev l'immobilisa et tenta de la lui arracher. Cette lutte sans merci entre les deux hommes, ce combat corps à corps, revêtit un caractère symbolique : celui qui s'emparerait de la mallette détiendrait le pouvoir. Et Khrouchtchev l'emporta. Quatre maréchaux – le vainqueur de la bataille de Berlin, le maréchal Joukov, à leur tête – firent irruption et ceinturèrent Beria.

L'ancien chef de la police secrète aurait été déshabillé dans les caves et attaché à un crochet, avant de recevoir une balle dans la nuque. Lavrenti Beria, maréchal, ministre de l'Intérieur et premier vice-président du Conseil, héros du Travail socialiste, décoré des cinq ordres de Lénine, de l'ordre de Souvorov de première classe, des ordres du Drapeau rouge et des sept médailles de l'Union soviétique, celui que Staline avait présenté à Roosevelt comme « notre Himmler », entra dans le néant.

Cette même soirée, troublante coïncidence, les rues de la capitale donnaient déjà des signes de fièvre. Il y régnait une atmosphère électrique contrastant étrangement avec la sérénité habituelle de Moscou à la tombée de la nuit. Des chars avaient pris des positions de combat aux carrefours stratégiques, certains visiblement prêts à ouvrir le feu à la moindre alerte.

Dans ce monde impitoyable, la conscience marxiste était de rigueur et Beria y faisait figure de « transfuge ». Comme beaucoup d'agents secrets, il était disposé à trahir sans scrupule, tout en restant fidèle à lui-même.

De nos jours, on s'interroge encore sur la fin véritable de Beria. Officiellement, il est mort le 23 décembre 1953[1], au terme d'un « procès » le condamnant. Sergo, son fils, resta persuadé qu'il avait été assassiné lors de son arrestation.

Certes, Beria, comme les autres complices de Staline, porte une terrible responsabilité dans le fonctionnement du régime totalitaire. Khrouchtchev, lui, s'était signalé à Moscou, puis en Ukraine, par son zèle pendant les purges. Mais, parvenu au sommet du pouvoir, il a pu mettre la main sur les archives et concocter pour la postérité sa propre vision du passé, en se souciant d'apparaître à son avantage.

La chute de Beria joua un rôle déterminant dans le destin d'Eugène et de Marie Panine. À peine étaient-ils installés en Ouzbékistan que tomba la nouvelle de l'arrestation du chef des services secrets et de sa « bande ». Ironie du sort, les journaux prétendaient qu'il était un « illégal », un espion à la solde des Anglais… depuis 1919 !

Quelques mois plus tard, ils apprirent que le ministre et plusieurs de ses collaborateurs avaient été fusillés. Eugène éprouva rétrospectivement un frisson en songeant que la suspicion de Beria les avait vraisemblablement sauvés de la mort. Dans la mesure

1. Exécuté par le général Batitski.

où le ministre disgracié avait personnellement traité son dossier, Eugène devait être considéré comme un agent secret appartenant à son réseau particulier. Sans le point d'interrogation tracé en rouge de la main de Beria, il aurait sans nul doute été exécuté…

Moscou vaut bien une messe

Après l'arrestation de Beria, la police secrète du Kremlin changea encore une fois de nom pour une appellation devenue mythique : le KGB. Son appareil fut immédiatement repris en main et purgé. Des centaines de ses membres furent purement et simplement exclus des services de sécurité, et quelques dizaines d'entre eux se virent condamnés à mort ou à de lourdes peines de prison.

Le KGB retrouva tout de même ses couleurs sous la houlette d'Alexandre Chelepine, le dynamique et relativement jeune chef des services secrets soviétiques entre 1958 et 1961. Une fois de plus, tant de destins furent bousculés par les aléas de l'histoire…

Les journaux firent resurgir brusquement le passé : « Révolution victorieuse en Égypte : un groupe d'officiers nationalistes dirigés par le colonel Nasser chasse du pouvoir le régime corrompu du roi Farouk », titraient-ils. À la suite de cette insurrection, Moscou commença à s'intéresser de plus près au monde arabe. Le KGB reçut l'ordre de préparer un rapport détaillé sur la situation au Proche-Orient. Il s'agissait d'élargir son réseau dans cette région par tous les moyens. Les chefs du renseignement extérieur se souvinrent alors des brillantes analyses de leur agent à l'époque de la guerre.

On exhuma le dossier d'Eugène qui menait sa vie paisible d'archéologue à l'ombre des dômes multicolores des mosquées de Tamerlan. Des émissaires firent le voyage d'urgence pour venir lui proposer de reprendre du service. On lui offrait enfin ce qu'il avait demandé autrefois : un poste à Moscou.

À leur grand étonnement, Eugène commença par refuser, prétextant qu'il ressentait le poids de l'âge. Ses interlocuteurs le convainquirent en lui promettant un grand appartement, une place pour sa fille à la faculté des langues de Moscou et une chaire pour son épouse à l'Institut pédagogique Lénine. Ils flattèrent son orgueil en lui laissant entendre que ses travaux archéologiques seraient reconnus et publiés par l'Académie des sciences, dont il deviendrait un correspondant. Finalement, Eugène céda aux pressions, à la condition expresse de disposer chaque année de deux mois de liberté pour poursuivre ses travaux à Samarkand et à Boukhara. « Moscou vaut bien une messe ! », conclut-il en bon français. Et jusqu'à la fin de sa vie, il eut droit à ces deux mois annuels sous le soleil ouzbek.

Marie reçut la nouvelle avec effusion. Elle allait enfin vivre dans la capitale du pays. Deux ans et demi en Ouzbékistan lui avaient paru deux siècles. Ils refirent une nouvelle fois leurs bagages…

Dans leur logis des bords de la Moskova, d'où l'on avait une vue imprenable sur le Kremlin, la vie du couple prit un tour très agréable. Leur foyer, qui gardait le parfum de Paris, attirait comme autrefois musiciens et écrivains. Les paysages d'Orient peints par Marie et les pièces d'archéologie rapportées de Samarkand par Eugène apportaient une touche exotique.

Marie avait repris ses habitudes fantasques, ses pique-niques improvisés sur son grand tapis persan, ses concerts impromptus, ses fameuses « nuits blanches » où l'on parlait passionnément musique et poésie jusqu'à ce que l'aube blanchît les fenêtres.

À cette époque, le rideau de fer fut entrouvert. On vit à Moscou Yves Montand et Simone Signoret ; des hommes d'affaires et même quelques touristes allèrent jusqu'à Leningrad. Mais le couple n'avait pas le droit de fréquenter des étrangers : il était toujours pris au piège, étroitement surveillé et écouté par le KGB. Car si Eugène n'appartenait plus à proprement parler aux services secrets, il était souvent l'invité des officiers du KGB, dont il fréquentait les datchas des environs de Moscou pour d'informelles séances de réflexion où ses talents d'analyste étaient appréciés.

Les premiers mois d'hiver le déprimaient toujours. « Manque de soleil ! », déplorait-il. Mais le moment de son expédition annuelle à Samarkand arrivait et il s'impatientait. Il partirait après le nouvel an.

À vrai dire, à Moscou, Eugène n'avait pas perdu l'habitude de mener une double vie. Ainsi pouvait-on le voir, chaque samedi, s'absenter de chez lui, une petite serviette sous le bras. Il disait à sa femme qu'il se rendait à la piscine. Mais en sortant de la station de métro Dynamo, il remontait en direction de l'hippodrome. Les habitués du champ de courses le connaissaient bien. L'honorable professeur, avec sa barbiche argentée et sa serviette noire, jouait gros jeu. Il avait contracté en Orient une véritable passion pour les chevaux.

Jamais la pègre de l'hippodrome ne s'intéressa à lui, en dépit des sommes importantes qu'il touchait. Quand les jeunes voyous demandèrent au parrain du quartier pourquoi il était interdit de taxer ce joueur, la réponse fut claire et définitive : on ne touche pas aux « *sosied* ».

C'est ainsi que les Russes « avertis » avaient coutume de nommer les gens des services de sécurité. Un terme qui venait des années 1920, du temps où le commissariat du peuple aux Affaires étrangères résidait au centre de Moscou. Ses voisins étaient les « proches », membres de la GPU, l'ancêtre du KGB, qui avait ses bureaux place Loubianka. Il y avait aussi les « voisins lointains » du commissariat du peuple à la Défense, qui demeuraient plus à distance[1].

« Et quand bien même ce ne serait pas un agent secret, avait ajouté l'escroc, il ne faut pas y toucher. C'est un véritable joueur, comme il n'en existe plus. Il suffit de l'entendre parler des chevaux arabes. Ce camarade est une encyclopédie vivante des courses et un poème à la gloire du jeu ! Le premier qui l'ennuie aura affaire à moi ! »

Ils se le tinrent pour dit.

Eugène fréquentait aussi les orientalistes de Moscou et s'offrait chaque mois une beuverie « entre espions »

1. Rue Znamenka.

à la datcha de Kim Philby, le plus célèbre agent soviétique, dont il avait autrefois croisé le père en Égypte. La boisson avait longtemps été une de ses passions, mais, en dehors de ces séances avec ses vieux camarades, il avait pratiquement cessé de boire.

Pendant ces soirées bien arrosées, Philby évoquait souvent sa fuite pour Moscou. Il était surtout fier d'avoir tenu bon si longtemps face aux accusations des services secrets et des médias britanniques.

En effet, en 1951, la presse occidentale ayant révélé que Burgess et MacLean se trouvaient bel et bien en Union soviétique, un parlementaire britannique demanda au Premier ministre de Sa Majesté combien de temps le gouvernement avait l'intention de couvrir les activités douteuses du « troisième homme », dénommé Philby.

La réponse du Premier ministre fut claire :

« Nous n'avons aucune raison de conclure que M. Philby ait jamais trahi son pays ou qu'on puisse l'identifier à un éventuel “troisième homme”, pour autant qu'il y en ait jamais eu un. »

Officiellement blanchi, Kim Philby put donc déclarer, lors d'une retentissante conférence de presse organisée dans l'appartement de sa mère :

« La dernière fois que j'ai parlé à un communiste en toute connaissance de cause, c'était en 1934 ; et la dernière fois, sans savoir que la personne était communiste, c'était en avril 1951, lorsque Burgess logeait chez moi. »

En 1955, il fut envoyé à Beyrouth comme correspondant de l'*Observer* et de l'*Economist* pour le Proche-Orient. À cette époque, il semblait ne plus avoir aucun rapport avec les services secrets britanniques, mais le contre-espionnage de Sa Majesté le convoquait assez souvent pour des interrogatoires de routine. Pendant huit ans, Philby poursuivit une brillante carrière de journaliste, tout en continuant à adresser à Moscou des synthèses sur les questions politiques de la région. Après le décès de sa deuxième femme, restée à Londres, il se remaria avec l'ex-épouse du correspondant du *New York Times* à Beyrouth et fit venir d'Angleterre ses deux plus jeunes enfants.

Mais, en 1963, la chance devait à nouveau tourner. Au cours d'une soirée particulièrement arrosée, l'un de ses vieux amis, Nicholas Elliott, ancien résident du MI6 à Beyrouth, annonça à Philby que Londres détenait désormais la preuve irréfutable qu'il était un agent soviétique. Pour la première fois de toute sa carrière, Philby s'effondra. Elliott lui accorda alors quelques jours pour rédiger des aveux complets.

Le 20 janvier 1963, Philby prévint sa femme qu'il serait en retard à une réception à laquelle ils étaient conviés à l'ambassade de Grande-Bretagne, car il devait finir un article. Le soir même, après avoir laissé à son épouse 2 000 livres et une lettre expliquant qu'il partait en reportage, il rejoignit Moscou où il obtint l'« asile politique ». Selon lui, les Anglais préférèrent de nouveau ne pas l'arrêter et le laisser disparaître, afin d'éviter le scandale ! Nicholas Elliott lui aurait par conséquent parlé sciemment.

Après quelques jours de traversée, le navire polonais *Dolmatov* jeta l'ancre dans le port d'Odessa, où Philby fut accueilli par des officiers du KGB. Le 27 janvier 1963, il gagnait Moscou.

3.
Le temps des transfuges

Les « traîtres »

L'âge d'or de l'espionnage soviétique s'acheva donc avec la fuite de Philby pour Moscou. Aucun agent du Kremlin recruté après la Seconde Guerre mondiale n'était parvenu à de telles performances en infiltrant la communauté occidentale du renseignement.

À partir des années 1960, les défections des agents secrets soviétiques devinrent une pratique courante. Dans les années 1930 déjà, les agissements de l'URSS avaient été dénoncés par de grandes figures comme le général Alexandre Orlov, auteur d'un important manuel d'espionnage soviétique.

En 1938, ce fut au tour du général Walter Krivitsky, ancien chef des services de renseignements de l'Armée rouge en Europe occidentale, de passer à l'Ouest. Ce dernier, rappelé à Moscou pour y subir une mort certaine, bénéficia d'un délai de grâce inattendu : on l'autorisa à retourner en Hollande, où il œuvrait comme résident, pour préparer le travail de son successeur.

C'était sa dernière chance. Il se hâta de fuir aux États-Unis, où il divulgua l'identité des grands espions soviétiques des quinze années précédentes. Au début de 1940, l'Intelligence Service britannique obtint de lui les noms d'environ cent agents soviétiques en activité dans divers pays, dont trente en Angleterre même. Mais, paradoxalement, l'espion dissident ne livra pas les plus importantes recrues britanniques du Kremlin – les « cinq de Cambridge » – qu'il connaissait bien, car ces hommes, allégua-t-il ultérieurement, avaient véritablement foi en la cause marxiste.

Krivitsky publia une série d'articles sur l'URSS – dont l'un prévoyait le pacte germano-soviétique de 1939 – ainsi que ses mémoires, avant d'être mystérieusement assassiné en février 1941 dans un hôtel de Washington.

Le plus remarquable transfuge du Kremlin d'après-guerre fut un modeste employé au service du chiffre à l'ambassade soviétique d'Ottawa, Igor Gouzenko. Ce dernier projeta de faire défection dans la soirée du 5 septembre 1945, après avoir dérobé une centaine de documents classés secrets qu'il fourra sous sa chemise. Rentrant le ventre de toutes ses forces – « sinon, il aurait eu l'air « enceint » ! », s'exclamera plus tard sa femme –, il quitta les bureaux. Il tenta d'abord de contacter des journalistes canadiens qui le prirent pour un affabulateur. La police locale ne lui accorda pas davantage de crédit. Réfugié dans son appartement, il échappa de justesse à un rapt des services secrets soviétiques et réussit à s'enfuir.

Sa défection se révéla plus difficile qu'il ne l'avait imaginé. Il se présenta de nouveau au ministère de la Justice à Ottawa, puis au siège du journal régional pour demander assistance : on l'invita à repasser le lendemain. Dans l'intervalle, l'ambassade d'URSS se rendit compte de la disparition simultanée du chiffreur et des documents secrets.

Au soir du 6 septembre, des agents soviétiques défoncèrent la porte de son appartement et entreprirent de le fouiller. En vain, car le transfuge, sa femme et leur fille s'étaient retranchés chez des voisins. Il leur fallut encore se terrer de longues heures avant que la police canadienne ne vînt à leur secours, vers minuit.

Cette défection paralysa le renseignement soviétique plusieurs années durant et continua à troubler ses activités jusqu'en 1960.

À l'époque, Moscou s'employa à analyser les méthodes occidentales de recrutement. Le KGB établit ainsi le profil type d'un transfuge, soulignant certains traits de caractère : « double loyauté », narcissisme, vanité, convoitise, arrivisme, mercantilisme, vie sexuelle désordonnée, penchant pour l'alcool. À l'appui de ces critères, Moscou conseilla à ses officiers recruteurs de prêter une attention particulière aux éventuelles frustrations des agents potentiels, dans leur cadre professionnel comme dans leur vie familiale, et de repérer leurs difficultés personnelles ou leurs stress.

La composante idéologique ou politique, en revanche, était absente de ce portrait-robot. Puisqu'il était proscrit de critiquer le système soviétique, les causes profondes des défections étaient imputées aux vices de moralité des transfuges, en particulier à leur « virus de carriérisme » qu'exploitaient les services de renseignements de l'Ouest…

Le cas Golitsyne

À l'époque de la guerre froide, la confusion régnait entre réalité et fiction, provoquant une paranoïa généralisée : les agents secrets semblaient s'être introduits partout. Les États-Unis avaient déjà été confrontés à ce genre de problème avec Michael Goleniewski, l'un des transfuges polonais les plus marquants.

Ce dernier souffrait périodiquement d'accès de délire. Il se renfermait sur lui-même, écoutant de vieilles chansons françaises et s'enivrant à mort au cognac, pour finir par se croire l'héritier des Romanov et accuser Henry Kissinger d'être un espion soviétique… Ces manifestations paranoïaques individuelles reflétaient en fait les fantasmes propres à ce monde de l'ombre.

À vrai dire, l'Occident nourrissait une réelle fascination pour le KGB et sa pénétration des démocraties, notamment en Europe. De leur côté, les transfuges cherchèrent systématiquement à se justifier, exagérant leur rôle passé. Une attitude psychologiquement bien compréhensible, car ces hommes, en franchissant le Rubicon, abandonnèrent en URSS leurs proches confrontés à des souffrances inimaginables.

Il se nouait alors souvent, entre les transfuges et leurs officiers traitants occidentaux, des liens étranges de dépendance mutuelle. Cette escalade truffée d'ambiguïtés marqua les rapports entre les agents de la CIA et l'un des plus importants transfuges soviétiques : Anatoli Golitsyne, qui fit défection en 1961.

L'avis des experts à son propos reste encore aujourd'hui très partagé. Pour les uns, il a incontestablement permis de détecter un nombre considérable d'espions soviétiques en Occident et a offert suffisamment d'informations pour neutraliser les réseaux les plus redoutables, y compris à l'intérieur des services secrets de l'Ouest. Pour d'autres, mis à part l'identification ponctuelle de quelques infiltrés, la « paranoïa Golitsyne » paralysa les Occidentaux, gagnés par l'obsession de la traque méthodique des espions.

Les relations de ce transfuge soviétique avec les services de renseignements américains méritent un examen approfondi, d'autant que la France y a joué un rôle de premier plan.

Anatoli Golitsyne attira l'attention des Américains en 1954, en Autriche, où il débuta sa carrière au KGB. À l'époque, l'un de ses homologues, Piotr Deriabine, venait de faire défection. Comme toujours en pareil cas, la CIA lui demanda de fournir les noms d'officiers du KGB susceptibles de travailler pour l'Occident. Golitsyne figurait sur la liste. La CIA se renseigna vite sur ses habitudes et ses préférences, et arriva à la conclusion que sa personnalité était avant tout marquée par les drames historiques de la période stalinienne.

En effet, Golitsyne était littéralement hanté par l'esprit « maléfique » du dictateur. Ses promenades de prédilection jalonnaient par exemple la Moscou de Staline. Pour Golitsyne, le principal monument stalinien restait sans aucun doute le métro, dont la première ligne fut inaugurée en mai 1935. Dans l'esprit de ce jeune moscovite, le métro n'était pas simplement un moyen de transport, il faisait partie de la « symbolique d'une néoreligion diabolique » que Staline voulait instaurer à sa gloire.

Ses premiers rendez-vous amoureux se tenaient également dans le métro – surtout les stations Place-de-la-révolution, dont les statues de bronze forment un véritable musée de l'art totalitaire, et Arbatskaïa avec ses lustres somptueux qui illuminent le marbre blanc. Golitsyne revenait souvent voir les sept gratteciel érigés sous les ordres du dictateur, les « sept sœurs », comme les désigne le ministère des Affaires étrangères.

« Nous étions tous soviétiques, bien entendu, affirmera Golitsyne plus tard ; nous avons tous été façonnés de la même manière, de l'école maternelle où nous toisait Lénine, du haut de ses bustes et de ses icônes, jusqu'à l'armée où le culte du dieu embaumé le cédait à celui d'une géante aux hanches de fer, la patrie socialiste : le plus grand État du monde par la superficie, la plus forte production d'acier et d'électricité, le plus grand nombre de divisions blindées, d'engins nucléaires… »

Si la vie soviétique était si trompeuse, cela tenait à ce que tous les Russes, et pas seulement les espions, étaient passés maîtres dans l'art de ne pas se faire remarquer, d'adopter la couleur protectrice du conformisme. Pourtant, au cours de ses promenades avec sa femme ou avec quelques amis de confiance, Golitsyne comparait constamment l'URSS et les États-Unis, Moscou et Washington. Et ses conclusions n'étaient pas à l'avantage des Soviétiques :

« En URSS, tout était militaire, avait-il constaté. En Amérique, tout était civil. En URSS, tout était secret, opaque, inaccessible : ni statistiques détaillées, ni cartes routières, ni même plans précis des grandes villes. En Amérique, tout était public, transparent, consultable : les imprimeries du gouvernement fédéral, les universités, les fondations mettaient en vente des monographies approfondies consacrées à tous les problèmes géopolitiques du moment. En URSS, parler à un étranger était un délit… »

Les Américains, qui eurent vent de ces conversations par Deriabine, étaient stupéfaits d'entendre ce genre de discours dans la bouche d'un officier supérieur du KGB. D'ailleurs, son profil correspondait étrangement au portait-robot du transfuge soviétique que nous venons d'évoquer : « En couple avec une femme fantasque qui l'ébranla psychologiquement. Détesté par ses collègues. Envahi par une sorte de complexe de supériorité. »

Les Américains décidèrent alors de l'approcher à Vienne. Mais trop tardivement. Golitsyne fut rappelé à Moscou avant même que la CIA n'ait eu le temps d'agir. Patients, ils attendirent une autre opportunité.

De retour en URSS, Golitsyne fut chargé de superviser les opérations d'espionnage dirigées contre les États-Unis. Mais bientôt, les circonstances allaient contraindre cet agent pas comme les autres à s'engager dans une spirale dont il n'avait jamais soupçonné l'éventualité.

Un changement radical survint dans son activité. On lui confia la tâche moins prestigieuse d'évaluer les renseignements en provenance de l'OTAN. Profondément blessé par cette éviction, il prit la décision de fuir l'URSS, « sa médiocrité et ses intrigues de palais ».

En bon agent double, il songea à monnayer sa défection. Mais comment s'y prendre ? Il passa au crible les rapports des espions du KGB infiltrés dans l'organisation de l'Alliance atlantique pour relever des indices qui lui permettraient, plus tard, de deviner leur véritable identité. (Ces documents – rappelons-le – sont toujours présentés anonymement dans le souci de sauvegarder le « secret de la source ».)

L'occasion de gagner l'Ouest se présenta assez rapidement, car Golitsyne fut envoyé en Finlande.

Un jour maussade de décembre 1961, le résident de la CIA à Helsinki vit se présenter dans son bureau un bel homme portant sous le bras une sacoche bourrée de documents ultra secrets. Il s'agissait d'un citoyen soviétique dénommé Klimov, demandant l'asile politique aux États-Unis.

Le chef d'antenne se montra d'abord méfiant. Le « cadeau » paraissait trop beau, ce pouvait être un provocateur. Mais les premiers contacts démontrèrent toute l'importance de ses révélations. Le transfuge fut donc immédiatement transféré au siège central de la CIA.

À partir de ce moment, cette histoire prit un tour fantastique. Golitsyne commença par faire des caprices et récusa plusieurs officiers traitants américains qui, à ses yeux, n'étaient pas « assez haut placés pour être dignes de ses confidences ». Finalement, un spécialiste aguerri du contre-espionnage, James Jesus Angleton, fut désigné pour traiter son cas.

Les deux hommes établirent très rapidement un rapport de confiance, car ils partageaient sinon les mêmes convictions, du moins la même hantise de l'omniprésence du KGB en Occident. Associant grandes révélations et propos fantasques, Golitsyne clama haut et fort que « les espions soviétiques [étaient] partout ». Son interlocuteur américain semblait également convaincu que nombre d'informateurs du Kremlin se trouvaient au sommet de la hiérarchie occidentale. À vrai dire, cette interdépendance surréaliste entre le transfuge et son officier traitant faillit torpiller tout le système des services secrets en Occident.

Mais que révéla précisément Golitsyne ? Sur le Canada, il affirma que son ambassadeur en URSS, piégé par le KGB pour homosexualité, travaillait pour le Kremlin ; mais l'enquête n'aboutit pas.

Sur la Grande-Bretagne, il assura qu'il existait un réseau de cinq agents soviétiques d'exception. Cependant, nous l'avons vu, tout cela était déjà de notoriété publique. Deux de ces agents, Guy Burgess et Donald MacLean, avaient été démasqués et s'étaient réfugiés à Moscou en 1951. Le troisième, Kim Philby, ne tarderait pas à les rejoindre. Le quatrième, sir Anthony Blunt, conservateur du Musée royal, fit son mea-culpa et reconnut qu'il avait œuvré pour les Soviétiques ; sa confession valait bien une absolution. Quant au cinquième, le contre-espionnage britannique partit à sa recherche ; en vain…

Entre-temps, on étudia minutieusement, encore et toujours, les centaines de biographies d'agents secrets qui auraient pu être en rapport avec les « cinq de Cambridge ». Golitsyne mentionna également une « taupe » infiltrée à l'Amirauté. On arrêta finalement un haut fonctionnaire de la Royal Navy, John Vassall, en 1962[1].

Golitsyne révéla ensuite que le KGB disposait d'un agent de la CIA basé à Bonn, sous le nom de code « Sacha », lequel informait le Kremlin de l'ensemble des opérations à l'Ouest. Qui se cachait donc sous ce pseudonyme ? Là encore, quantité de dossiers furent analysés, mais l'enquête s'enlisa à nouveau[2].

Plus grave, le transfuge certifia qu'il existait un autre « grand espion », cette fois au plus haut degré de la hiérarchie de la CIA…

Le plus souvent, Golitsyne ignorait l'identité exacte des agents qu'il dénonçait. Il ne donnait que d'assez vagues renseignements, car il n'avait jamais directement été l'officier traitant des informateurs soviétiques en question. Sa tâche consistait uniquement à

1. D'ailleurs, celui-ci fut également dénoncé par un autre transfuge, Iouri Nossenko.

2. Les soupçons se portèrent finalement sur un certain Igor Orlov qui avait longtemps été en poste en Allemagne.

évaluer les renseignements fournis par ces réseaux. En revanche, il voulait à tout prix, selon la formule du directeur du SDECE de l'époque, Marenches, « se faire mousser ».

Le transfuge tenait ainsi pour preuve d'un retournement des agents occidentaux un mystérieux voyage qu'avait effectué aux États-Unis, en 1957, le chef de la section du KGB chargée du recrutement de personnels américains à l'ambassade des États-Unis à Moscou.

Or, expliqua Golitsyne, si un personnage de cette importance avait pris le risque de venir sur le territoire de l'« ennemi principal », c'était forcément pour rencontrer un agent de très haut niveau. Selon lui, il ne pouvait s'agir que d'un des dirigeants de la CIA, enrôlé à l'ambassade américaine à Moscou, qui était par la suite monté en grade…

Des dizaines de noms furent de nouveau épluchés ; des centaines d'interrogatoires, menés en présence de Golitsyne. Le comble fut que son propre officier traitant, Angleton, se vit à son tour soupçonné d'être le fameux émissaire !

Les services secrets occidentaux s'immobilisèrent ainsi des années durant. Tout le monde suspectait tout le monde. Un vrai théâtre de l'absurde ! Plus aucune opération d'envergure ne pouvait se monter, de peur que le KGB ne l'apprît grâce à sa « mystérieuse taupe ». Finalement, on se demanda si Golitsyne n'était pas lui-même un « agent provocateur de pur sang », envoyé par le Kremlin selon les bonnes vieilles méthodes de la police du tsar[1].

---

1. Voir l'annexe 1.

Mais rien n'arrêtait le zèle du transfuge. Dès lors, la chasse aux « taupes » devint obsessionnelle. D'après Golitsyne, le Canada, la Grande-Bretagne, l'Allemagne de l'Ouest et même la lointaine Australie avaient été les victimes d'une conspiration soviétique de grande ampleur. Les meilleurs spécialistes du contre-espionnage dans ces pays furent convoqués sans délai à Washington, afin d'entendre ses révélations. Ils repartirent quelque peu interloqués, disposant simplement de vagues éléments pour entamer leurs recherches.

Soyons clair. Même s'il mit les enquêteurs sur la piste de nombreux agents soviétiques bien réels, Golitsyne sabota à sa façon les activités de la CIA. Il développa des théories de complot farfelues sur des agissements clandestins tous azimuts.

Pendant quelques mois, il réussit notamment à convaincre la CIA que la rupture de l'URSS avec la Chine (qui fut authentique), au début des années 1960, était un coup de bluff du Kremlin à l'intention de l'Ouest ! Golitsyne aurait même affirmé que le Printemps de Prague de 1968 – cet élan nettement perceptible du peuple tchécoslovaque vers la liberté – n'était qu'une « astuce communiste » ; ou encore que le Premier ministre britannique, Harold Wilson, avait été un agent du KGB[1].

---

1. En effet, le KGB attachait une grande valeur aux informations politiques de Wilson. La nature douteuse de certaines de ses relations professionnelles explique que le KGB ait décidé de lui attribuer un nom de code – « Olding » – et d'ouvrir un « dossier de développement » dans l'espoir de le recruter comme agent : l'une des entreprises pour lesquelles travaillait Wilson n'appliquait pas l'embargo du Cocom sur les exportations « stratégiques ». Pour autant, aucune preuve sérieuse ne vint appuyer

Les approximations de Golitsyne posèrent bien des problèmes aux services secrets américains. La fiabilité des renseignements d'un agent double est si difficile à évaluer… L'Occident en fut donc réduit à prendre ces informations pour argent comptant, avec tous les risques d'intoxication que cela impliquait. Ce fut un temps de suspicion généralisée. Dans cette ambiance funeste, personne ne se sentait à l'abri.

En France, cependant, les répercussions furent particulièrement importantes. Au printemps de 1962, John F. Kennedy en personne rédigea une lettre qu'un envoyé spécial remit en mains propres au chef de l'État français, le général de Gaulle. Cette missive ultra secrète, basée sur les « confidences » de Golitsyne, mettait en cause les services français et le cabinet même du général, qui semblaient avoir été « pénétrés » par des agents soviétiques.

John F. Kennedy expliquait sans ambages pourquoi il avait préféré faire parvenir ce pli directement : « Les canaux de la diplomatie ne sont plus sûrs ! » Le président américain tenait ses sources à la disposition de tout émissaire « fiable » que le général de Gaulle jugerait digne de confiance pour être délégué aux États-Unis. Un vent de panique souffla dans les palais de la République française.

De Gaulle choisit personnellement son homme « digne de confiance », le général de Rougemont, directeur du 2e bureau (renseignements) de l'état-major de la Défense nationale. Une semaine plus tard, cet envoyé très spécial

l'idée que ce travail ait abouti et que Wilson ait effectivement été un agent de Moscou.

se rendit à Washington dans le plus grand secret. Ni le SDECE, ni la DST, ni l'ambassade de France aux États-Unis n'avaient été informés de cette visite.

Dans la capitale américaine, le haut fonctionnaire interrogea Golitsyne pendant presque dix heures, en présence de dignitaires américains. D'abord circonspect, il saisit rapidement le caractère explosif des révélations mettant en danger la sécurité de l'État français. Non seulement Rougemont ajouta foi aux allégations du transfuge, mais il demanda qu'une cellule spécialisée du contre-espionnage fût immédiatement à pied d'œuvre pour recueillir des indices sur les agents soviétiques postés en France. Une équipe mixte de six experts (SDECE-DST) se constitua.

Les audiences de Golitsyne allaient se prolonger des mois, voire des années. Toutes furent évidemment enregistrées. Dans la foulée, plusieurs spécialistes du contre-espionnage firent la navette entre Paris et Washington, afin de soumettre au transfuge de volumineux dossiers corrélés à ses soupçons.

À l'appui de ses indications, de nombreuses personnalités suspectées par Paris furent passées en revue. Aucun corps de l'État français n'était épargné. Des policiers, d'honorables députés, des hauts fonctionnaires, des diplomates, des officiers supérieurs et même des ministres, tous furent fichés et leur vie, leurs dispositions, leurs travers, disséqués. Les affaires les plus intimes furent examinées à la loupe. De longs mois s'écoulèrent, mais aucune sanction ne fut prise, aucune arrestation signalée. Cela produisit l'angoissante impression que les gouvernements occidentaux protégeaient

« leurs propres taupes » (tout comme l'establishment britannique lors de la mémorable fuite de Philby).

En attendant, à Moscou, l'évaluation de la mésaventure Golitsyne donna lieu à une de ces litanies habituelles dans la pure tradition de la langue de bois du KGB :

> Le cas du traître Golitsyne, ambitieux et vaniteux, est l'exemple même d'un représentant de la famille des carriéristes. Au milieu des années 1950, il a réagi douloureusement à une rétrogradation : il ne toléra pas que ses fautes et ses impairs fussent mis en évidence. Soulignant ses qualités exceptionnelles, il se dit que seule la malchance l'avait empêché de réussir à devenir officier supérieur sous Staline, alors qu'il le méritait amplement. À la fin de l'année 1961, Golitsyne a tout tenté pour connaître le contenu de l'évaluation négative rédigée à son sujet à l'intention de Moscou. La résidence du KGB d'Helsinki a acquis la conviction qu'il a fini par en apprendre la teneur et que, la sachant, il pouvait s'attendre à une dégradation... Alors, il s'est réfugié aux États-Unis.

Comme aux autres transfuges, le KGB lui attribua un nom de code péjoratif, « le Bossu ». Cherchant à le discréditer, on persuada un contrebandier répondant au pseudonyme de « Mustapha » de dénoncer la participation de Golitsyne à un trafic à la frontière finlandaise.

En réalité, le KGB n'était pas dupe mais parfaitement avisé du fait que Golitsyne avait livré à la CIA une somme de renseignements : les opérations de la plupart des « lignes » (départements) à Helsinki et dans d'autres capitales européennes. Il avait pu également donner des informations sur les méthodes de recrutement des espions soviétiques. À la suite de cette affaire, le président du KGB transmit des instructions sur la conduite à tenir pour limiter les dégâts. Tous les rendez-vous avec des agents importants devaient être momentanément suspendus et les contacts limités.

Un très gros « poisson »

Golitsyne mit en lumière les moyens uniques de renseignement à la disposition du Kremlin. Pendant une dizaine d'années, de 1965 à 1975, l'URSS bénéficia en effet d'une conjoncture exceptionnelle. Géopolitiquement, les atouts légués par Staline – espionnage basé sur l'engagement idéologique, industries d'armement, arme nucléaire, missiles et conquête spatiale, glacis est-européen, pénétration dans le tiers-monde – lui permirent de négocier en relative position de force une détente avec l'Occident.

Économiquement, à l'époque, les prix mondiaux des matières premières connurent une très forte hausse : en accroissant ses exportations d'or, de diamants, de minerais rares, de pétrole, l'URSS obtint les devises qui contribuèrent à pallier ses échecs internes les plus graves, en particulier l'insuffisance de la production alimentaire.

Dès lors, les réformes perdirent tout caractère d'urgence. Une partie de l'entourage du nouveau chef du Kremlin, Brejnev[1], reprit même le grand dessein

1. Au pouvoir entre 1964 et 1982.

stalinien d'empire universel. Non par la guerre, mais à travers un mélange de haute diplomatie, d'intimidation, de mouvements tournants dans le tiers-monde, par lequel l'URSS pourrait, selon ces « faucons », « découpler » (séparer) l'Europe occidentale et le Japon de l'Amérique, mettre leur économie à son service, capter leurs technologies grâce à ses services secrets, s'imposer peu à peu comme la superpuissance dominante.

Le pari, rétrospectivement, paraît insensé ; il s'en est pourtant fallu de peu qu'il ne réussisse. Les accords de limitation des armes stratégiques, au début des années 1970, instituèrent une parité nucléaire entre les États-Unis et l'URSS. Après les percées conventionnelles prosoviétiques en Indochine et en Afrique, en 1975, le tiers-monde sembla devoir « basculer » à court ou moyen terme, l'Europe s'interrogea sur ses liens avec les États-Unis, et ceux-ci furent tentés de se replier sur eux-mêmes. Ce fut le moment où l'on signa les accords d'Helsinki, légitimation tardive de Yalta. L'époque où un président français conservateur, Valéry Giscard d'Estaing, déposa une gerbe de roses rouges devant la momie de Lénine et fit déguerpir par la force le dissident Andreï Amalrik, auteur de *L'Union soviétique survivra-t-elle en 1984 ?*, qui eut le front de se planter, pancarte en main, en face de l'Élysée…

Pourtant, quelques années plus tard, l'« affaire *Farewell* » annonça le véritable tournant de cette complaisance envers le Kremlin. L'opération fut sans doute le plus grand succès des services français au cours de ce siècle des espions.

L'histoire débuta officiellement en juillet 1981, au sommet d'Ottawa, lorsque François Mitterrand rencontra en privé le président américain Ronald Reagan. Au cœur de l'entretien, la révélation du « secret *Farewell* ». Épaté, Reagan s'exclama : « C'est le plus gros poisson de ce genre depuis 1945 ! » Effectivement, ce fut l'une des affaires d'espionnage « les plus bouillonnantes » de la guerre froide, selon la formule du chef du KGB, Andropov.

En tête à tête, le président français dévoila à un Reagan stupéfait que l'URSS connaissait la totalité de la couverture radar des États-Unis, et qu'elle pourrait anéantir la défense américaine en cas de conflit. Grâce à cette entrevue, la France de Mitterrand regagna la confiance de Washington. Longtemps tenue à distance par l'administration américaine, à cause de la participation des communistes au gouvernement, Paris venait de réintégrer le club des démocraties à la pointe de la lutte contre l'« empire du mal » soviétique.

Peu après, Marcel Chalet, directeur de la DST, se rendit à Washington pour informer plus en détail le vice-président George Bush, ancien directeur de la CIA.

Tout avait en réalité commencé au début de l'année. Malgré le froid, la Vieille Place, située à deux pas du Kremlin, était noire de monde ; même les marchands de glace étaient à leur poste. Mais dans sa voiture noire et luisante, le lieutenant-colonel Vladimir Vetrov ne portait aucun intérêt à la foule moscovite. Ce soir-là, il avait rendez-vous avec un Français de passage à

Moscou, auquel il avait transmis un message urgent. Cet officier supérieur du KGB se disait prêt à révéler aux services secrets français le « contenu de dossiers explosifs ».

Les Français furent prompts à comprendre l'importance de cette affaire. L'espion dissident fut immédiatement recruté par la DST, mais, assez rapidement, celle-ci passa la main à la DGSE qui se chargea – comme l'exigeait la déontologie – de la poursuite des opérations hors du territoire français. La biographie de Vetrov fut aussitôt examinée par les meilleurs analystes des services. Et son parcours parut étonnamment banal pour un officier du KGB.

Au début, il suivit la voie classique des jeunes Soviétiques. Cependant, l'élève Vladimir s'estimait déjà nettement au-dessus de la moyenne : premier en mathématiques, il fut ensuite bon étudiant de l'une des grandes écoles les plus prestigieuses[1].

Son enrôlement au KGB marqua un premier grand tournant dans son existence. Vetrov fréquenta l'école spéciale des services secrets, qui enseignait la maîtrise de soi, l'art de la dissimulation ou de la mise en scène, sans oublier le double, voire le triple langage.

Cette éducation assez particulière portait bien entendu sur les techniques les plus sophistiquées d'interrogatoire, de pression psychologique et sur le maniement des armes : armes blanches, armes à feu, poisons divers, substances chimiques, bactériologiques, gazeuses. Sans compter, entre autres procédés, la science des explosifs. On y apprenait aussi à provo-

1. L'Institut technique supérieur de Moscou (MVTU).

quer des « accidents » et à maquiller un meurtre en suicide ou en mort naturelle.

Ainsi les agents des services secrets forgeaient-ils leur idéologie, leur logique, bref, leur propre vision du monde. La démocratie ? Comme le soulignait l'un des condisciples de Vetrov :

« De toute façon, pour les hommes du KGB, elle n'existe nulle part sur la planète. Partout, ce n'est que manipulation. Alors, un peu plus, un peu moins… »

Les membres du KGB avaient toujours possédé leur propre organisation politique, leur jargon et même leur humour : une structure mentale, une psychologie marquée par la culture du secret…

Fort de cet enseignement, Vetrov se trouva en poste à Paris de 1965 à 1970, sous la couverture d'un « ingénieur spécialiste en électronique ». Mais contrairement à ses homologues plus circonspects, il jouait à la roulette russe en trafiquant du caviar et d'autres produits de luxe. Et en attirant déjà l'attention des services français…

Espions et diplomates

J'ai bien connu ce milieu de l'ambassade soviétique à Paris dans les années 1970. À la vieille chancellerie, rue de Grenelle – l'hôtel d'Estrées, héritage des tsars –, on flairait encore une odeur de grande puissance. Avec la nouvelle chancellerie, boulevard Lannes, on s'enfonçait dans le « tiers-monde ». Isolée du XVIe arrondissement bourgeois par une grande avenue, rejetée vers le périphérique et un bois de Boulogne alors voué à la prostitution la plus sordide, la nouvelle ambassade avait d'ailleurs moins pour fonction de représenter l'URSS que de rassembler le personnel soviétique de Paris sur un seul site, où il était plus facile de le surveiller.

Certes, l'architecture occidentale, à l'époque, n'était pas particulièrement élégante. Le bâtiment, cependant, allait au-delà de la laideur : c'était – et c'est toujours – une sorte de forteresse de cent mètres sur trente-cinq. Un bric-à-brac de piliers de béton, d'escaliers monumentaux qui ne menaient nulle part – comme l'itinéraire de ce pays sous Brejnev –, de lustres trop lourds accrochés à des plafonds trop bas et de tapisseries en fibres synthétiques.

Les seize mille mètres carrés du « bunker » n'étaient pas tous consacrés au métier diplomatique proprement dit, loin de là. À la « zone de service » (*sloujebnaïa zona*), célèbre pour son hall dominé par une massive statue de Lénine en marbre blanc et sa salle de réception de cinq cents mètres carrés, s'opposait la « zone d'habitation » (*jilaïa zona*) avec ses magasins, sa salle de sport, son école, son garage, son cinéma.

Chaque entrée et chaque sortie, de l'ambassade à la ville, ou d'une zone à l'autre au sein du bâtiment, étaient supervisées par un officier des gardes-frontières. Celui-ci en référait au KR, le service de contre-espionnage dépendant de la première direction principale du KGB : l'organe de dépistage et d'élimination des transfuges et des saboteurs.

À l'intérieur de ce polygone quasi carcéral, la vie quotidienne soviétique avait été reconstituée de façon hyperréaliste : files d'attente devant les magasins, achats octroyés en fonction du grade du diplomate, festivités patriotiques, intrigues et jalousies.

À l'époque, il y avait toujours deux sortes de fonctionnaires soviétiques en poste à l'étranger : les *tchistye* ou « nets » et les autres, comme Vetrov, les « pas nets », qui effectuaient trois heures de leur prétendu travail par jour. Une tension existait d'ailleurs entre ces deux catégories dont le train de vie différait grandement.

Les agents du KGB, par exemple, logeaient rarement dans le « bunker ». Ils louaient des appartements plutôt confortables, invariablement dans les beaux quartiers (Vetrov logeait ainsi rue de la Faisanderie dans le XVIe arrondissement), et possédaient des voitures sensiblement plus rapides que ne l'exigeait leur niveau hiérarchique…

Les « guébistes » tels que Vetrov avaient des bureaux fictifs à l'ambassade ou à la représentation commerciale ; il était quasiment impossible de les joindre par téléphone et la secrétaire du service n'avait pas accès aux numéros ! C'était donc eux qui, le plus souvent, rappelaient. Encore un indice pour reconnaître les espions…

D'autres tiraillements animaient parfois la colonie soviétique, opposant, cette fois, le KGB et son équivalent militaire, le GRU. Les diplomates prirent l'habitude de surnommer les gens des services en général les « voisins », qui se divisaient en « voisins proches », ceux du KGB, et « voisins éloignés », ceux du GRU[1].

Le GRU (renseignement militaire) puisait ses cadres dans une réserve à part, l'Académie militaire diplomatique. Or – servitude et grandeur militaires obligent – un cadre du KGB gagnait beaucoup plus qu'un officier du GRU, lequel touchait la solde correspondant à son grade, alors que le « guébiste » percevait des primes et des avantages en nature (achat de vêtements « occidentaux », etc.). Ses « frais de représentation » lui étaient automatiquement remboursés.

Pour le compte du tout-puissant KGB, chaque fonctionnaire en poste à Paris devait remplir le maximum

1. Rappelons qu'il s'agit d'une évocation du temps où le commissariat du peuple aux Affaires étrangères, ancêtre du MID, dans les années 1920, était situé sur Kouznetski Most, au centre de Moscou : les diplomates avaient là des voisins proches (la GPU, précurseur du KGB, place Loubianka) et plus lointains (le commissariat du peuple à la Défense, rue Znamenka).

de fiches préimprimées (stipulant nom, prénom, nouvelles fonctions, circonstances de la rencontre, etc.) sur les gens rencontrés en France. Ces notes étaient à l'intention exclusive du service de contre-espionnage et n'avaient rien à voir avec les mémorandums diplomatiques résumant tel ou tel entretien, destinés au ministère des Affaires étrangères. Chacun pouvait être rappelé à l'ordre.

La lutte entre l'ambassadeur et le résident du KGB constituait une autre source de fâcherie. Qui, des deux hommes, était le vrai maître de l'ambassade ? Si l'on interrogeait un ancien ambassadeur, il répondrait sans hésiter : « L'ambassadeur, incontestablement ! » Un ancien résident se contenterait, lui, d'un sourire énigmatique…

Leur statut, en réalité, dépendait du pays de résidence. C'est-à-dire de la place de l'ambassadeur dans la nomenklatura moscovite. Dans les capitales de petite ou moyenne importance, en règle générale, l'ambassadeur s'effaçait devant le résident, celui-ci pouvant plus facilement briser la carrière de celui-là. Mais ce n'était pas le cas à Paris[1].

Il est vrai que l'institution du résident subit des variations au cours de l'histoire. Ainsi que nous l'avons évoqué, la Grande Terreur stalinienne de 1937 eut comme conséquence première une prise en main par les services secrets de l'appareil diplomatique

1. Les ambassadeurs avec lesquels j'ai travaillé en France, Tchervonenko, Vorontsov, Riabov, etc., étaient, au minimum, membres du comité central et dominaient donc leurs résidents respectifs. Voir *Le Bunker*, Bernard Lecomte, Lattès, Paris, 1994.

dans deux domaines : la liquidation des cadres et le contrôle de la circulation entre l'URSS et l'étranger.

Le représentant du NKVD se retrouva au siège des Affaires étrangères, ayant à sa disposition l'ensemble des dossiers personnels des diplomates, qu'il s'employa à étoffer en recueillant les témoignages ou les dénonciations des collègues et des subalternes. Il s'avéra un instrument efficace du régime pour coordonner de l'intérieur l'épuration de la machine diplomatique.

D'autre part, afin d'établir une surveillance étroite du personnel à l'étranger, une série de mesures entérinées par le Kremlin donnèrent aux services de renseignements un pouvoir effectif sur tout ce qui avait trait aux départs à l'étranger. La commission du comité central sur les missions extérieures fut réorganisée en avril 1937 (elle fonctionna jusqu'en 1991).

Chaque Soviétique envoyé à l'étranger (ce fut évidemment le cas de Vetrov) devait passer devant cette instance. Celle-ci émettait des directives sur la manière de se comporter hors du territoire national et l'impétrant devait faire, par écrit, le serment de s'y tenir !

Pour s'infiltrer et influencer l'Occident, l'Union soviétique disposait d'une panoplie de moyens. Les agents du NKVD avaient coutume de se servir d'informations en provenance des agents de renseignements de l'armée et bénéficiaient d'un budget classé « dépenses spéciales », qui servait en particulier à soudoyer la presse.

Plus tard, le KGB, non content de transmettre les données obtenues de ses contacts dans les milieux officiels français, organisa diverses « opérations de mesures actives ». Ainsi, chaque année, la résidence de Paris, comme les autres antennes du KGB à l'étranger, envoyait à Moscou des statistiques passablement optimistes sur ses activités[1].

À en croire les rapports de la résidence, certaines « conversations d'influence » obtinrent des résultats éclatants. Plusieurs hommes politiques de premier plan, de toutes tendances, ainsi que divers universitaires de renom, auraient ainsi adopté les conceptions soviétiques sur les dangers de la politique américaine de défense, l'avenir des relations Est-Ouest et la menace d'une « Europe supranationale » sur la souveraineté de la France.

1. Rien que pour 1979, par exemple, elle revendiqua cent quatre-vingt-huit articles de presse, soixante-sept « conversations d'influence », dix-neuf opérations de désinformation orale, sept interventions impliquant l'usage de faux documents, l'organisation de deux réunions publiques, quatre discours prononcés lors de meetings, deux livres et quatre brochures…

La désillusion du « renard bleu »

Vetrov faisait partie du dispositif du KGB chargé de la collecte des informations scientifiques et techniques. Comme le Persan de Montesquieu, il ne regardait la France que pour mieux comprendre la Russie qu'il avait laissée derrière lui et vers laquelle il allait devoir, un jour ou l'autre, s'en retourner. Affrontant les réalités occidentales, il pouvait à loisir comparer les deux systèmes.

Jusque-là, Vetrov croyait avoir été un Soviétique lucide. Mais finalement, ses conclusions s'avérèrent nettement défavorables à l'URSS. La Russie n'avait pas dix ans de retard sur l'Europe occidentale, comme il l'avait cru, ni même vingt, mais « cinquante ou soixante » ! Cependant, à la différence d'Anatoli Golitsyne, Vetrov garda ces considérations pour lui. Et en juillet 1970, il fut rappelé à Moscou.

Son retour de Paris coïncidait avec une période très particulière en Russie. Sous Brejnev (de 1964 à 1982), la corruption s'étendit à l'ensemble de la population, à commencer par la nomenklatura qui s'enrichit de manière éhontée. Toute fonction, surtout politique, devint lucrative. Outre les prérogatives exorbitantes qui y étaient attachées, un poste officiel permettait de monnayer le pouvoir.

Du jour au lendemain, dans un pays ravagé à la fois par la Seconde Guerre mondiale et par une gestion incompétente, un pays où il n'y avait plus rien, on trouvait soudain de tout. À coups de pots-de-vin ! Ainsi, lentement mais sûrement, la corruption tissa sa gigantesque toile d'araignée à travers les quinze républiques de l'Union soviétique et tous les corps d'État, y compris le KGB. Dès lors, pour survivre, un simple citoyen se voyait contraint de recourir au marché parallèle tout en travaillant au noir.

La classe dirigeante sombra dans l'inertie et s'égara dans un surcroît de malversations. Bilans truqués et ateliers clandestins prospérèrent. Des ouvriers qualifiés, débrouillards, élaboraient, pour nourrir décemment leur famille, des projets réutilisant des matériaux « au noir » à l'intérieur des usines, en achetant des complicités : en premier lieu le directeur, lui-même couvert par le parapluie hiérarchique du parti de la ville ou de la région, et ainsi de suite, tous très généreusement soudoyés. Cette production fantôme constituait environ 30 % du PNB soviétique, occupant un ouvrier sur cinq. Incroyablement florissant, le « marché noir » favorisa l'émergence d'un cortège de « millionnaires rouges ».

Totalement banalisées, les gratifications illicites grimpèrent les étages des ministères, se faufilant même dans l'enceinte du Kremlin. Le parti se mua en mafia, les deux mondes – la politique et le crime – n'en formant plus qu'un, sous l'égide des services secrets soviétiques guidés par leurs intérêts propres.

Soudain immergé dans ce climat détestable, Vetrov rêvait de repartir à l'étranger. C'est ainsi qu'en 1974, il fut envoyé par le KGB à Montréal, au Canada, comme « ingénieur de la délégation commerciale d'URSS ». Mais sa couverture se révéla inefficace – d'autant que sa femme se trouva mêlée à une sombre affaire de bijoux volés. Finalement, suspecté d'avoir été contacté par les services secrets américains et canadiens, l'officier du KGB fut rapatrié d'urgence à Moscou. À quarante-deux ans, les portes de l'Occident venaient de se refermer sur lui, définitivement.

Le réveil, au tournant des années 1980, fut d'autant plus douloureux pour cet officier des services secrets. En peu de temps – de l'invasion de l'Afghanistan en 1979 à l'Initiative de défense stratégique (IDS) de Ronald Reagan en 1983 –, les Soviétiques découvrirent que leurs forces conventionnelles, nucléaires et spatiales avaient été déclassées par celles de l'Occident et que ce déséquilibre ne pourrait pas être corrigé, comme cela avait souvent été le cas dans le passé, par l'acquisition ou le détournement de quelques plans ou d'un savoir-faire.

Les progrès militaires des Américains, des Européens et des Japonais étaient en effet liés à l'essor de l'informatique, à un ensemble de technologies et de méthodes elles-mêmes intégrées à l'économie de marché. Alors même que l'URSS avait formé d'excellents mathématiciens, dont les travaux avaient parfois été à l'origine de systèmes informatiques exploités en Occident[1], elle ne pouvait suivre le rythme d'invention,

1. Comme le langage Prolog, acquis par les Japonais.

d'ajustement et de production en série des industries civiles adverses.

Compte tenu de sa spécialisation – l'espionnage scientifique et technique –, Vetrov connaissait pertinemment l'ampleur du décalage entre l'informatique occidentale et l'informatique soviétique, en particulier en matière de transactions commerciales. De fait, les États-Unis effectuaient cinquante milliards de fois plus d'opérations quotidiennes sur ordinateur que l'URSS ! Et cet écart ne pouvait que s'accentuer d'année en année.

Sans informatique performante, les arsenaux soviétiques ne fournissaient plus que de la « quincaillerie ». Sans Armée rouge crédible, l'URSS ne pouvait plus mener la politique d'intimidation des années précédentes. Sans projection impériale, le centre, réduit à ses seules ressources, s'effondrait. Et comme un malheur n'arrive jamais seul, le cycle des matières premières se renversa lui aussi entre 1975 et 1982, hydrocarbures compris. Les féodaux poststaliniens se retrouvaient pris dans les contradictions des années 1953-1965 : comment privatiser sans perdre le pouvoir ?

> Je suis un renard bleu dans une ferme grise. Ma couleur m'a condamné à mort… Dieu, comme je brûle de me délivrer de moi-même… Mais le bleu étincelant court sur ma peau – traître magnifique.

Vetrov aimait à citer ces premiers vers d'un poème d'un auteur en vogue à l'époque[1] : le monologue à la fois tragique et ironique d'un « renard polaire

1. Yevgeny Yevtushenko, publié en 1967.

d'Alaska », né et élevé en captivité pour sa fourrure. L'animal sait – ou sent – qu'il sera bientôt tué et dépouillé. Mais un soir, par hasard, la grille s'ouvre. Il s'enfuit. La nature l'éblouit :

> Des diamants lunaires tombaient en cascade dans mes yeux. La lune était ronde ! Je compris que le ciel n'était pas carré, comme je l'avais cru jusque-là dans ma cage.

Le renard file dans la neige :

> J'aboyais des insanités aux arbres. J'étais mon pur moi.

Il cherche une femelle :

> Mon père et ma mère ne s'aimaient pas, mais ils avaient copulé. Comme je voudrais trouver une renarde et courir avec elle dans cette neige somptueuse.

Mais bientôt, l'épuisement le gagne :

> Trop de neige. Je ne puis plus soulever mes pattes engourdies. Je n'ai pas trouvé d'ami ni de petite amie. Né captif, je suis trop faible pour la liberté.

Il comprend soudain, « horrifié », que la ferme est sa « patrie ». Il y retourne. À peine la grille se rabat-elle sur lui qu'il « hurle de désespoir ». La jeune Esquimaude qui veille sur lui « passe une main tendre » dans sa fourrure :

> Elle me guérit de toute maladie et ne me laissera pas mourir de faim. Mais je sais que lorsque le temps sera venu,

aussi fixe qu'une barre de bronze, elle me trahira, comme c'est son devoir.

Bien entendu, cette fable cruelle évoquait l'URSS d'après-Staline : la référence à l'Alaska, prolongement américain de la Sibérie, qui avait longtemps appartenu aux tsars, ne trompa personne. Comme le renard bleu, Vetrov aspirait à la liberté, et plus encore à un monde « normal », « naturel ». Comme lui, il découvrit qu'il n'était plus capable d'y vivre et qu'il lui fallait revenir à l'« abattoir » où il était né. Ce qu'il ne pouvait soupçonner, c'était que cette impuissance, cette perpétuelle rechute, allait durer jusqu'au début du XXIe siècle, au-delà même de l'effondrement du régime.

Vetrov avait donc parfaitement conscience des défauts du système soviétique. Son évolution était en outre déterminée par une douloureuse humiliation. Il acceptait mal, en effet, que sa direction l'eût rétrogradé, le reléguant d'opérations d'importance à de simples tâches d'analyse[1] et le maintenant à un grade relativement subalterne de lieutenant-colonel.

Pourtant, il menait lui-même grand train, découvrant les mœurs de la nomenklatura : un monde de passe-droits et d'avantages multiples. Il chercha une échappatoire, proposant une réorganisation de son service, mais personne ne lui prêta attention. Puis sa femme le trompa[2].

---

1. Rappelons que le célèbre transfuge Golitsyne, que nous avons évoqué précédemment, se trouva dans une situation comparable.

2. À la fin des années 1970, elle eut une liaison avec un certain Boris, frère d'un cosmonaute connu.

Vetrov trouva un réconfort éphémère dans les bras d'une maîtresse ; mais, le plus souvent, c'était l'alcool qui l'aidait à oublier ses malheurs... Il avait également un confident – son voisin de bureau, un ancien combattant, pilote de chasse. Ce dernier avait été décoré à maintes reprises, notamment de la médaille suprême de héros de l'Union soviétique. Lui aussi était scandalisé par ce qu'il voyait autour de lui et versait souvent de l'huile sur le feu qui consumait Vetrov.

Les nouvelles recrues du KGB dans les années 1970 formaient un contraste frappant avec les générations précédentes. C'étaient souvent des hommes « pistonnés », dont le talent principal consistait à avoir pour parents des représentants de la haute nomenklatura soviétique. Ainsi obtenaient-ils facilement les postes les plus enviés, à l'étranger comme à Moscou. Vetrov ressentait chacune de leur promotion en poste ou en grade comme une blessure intime.

L'affaire *Farewell*

À vrai dire, Vetrov n'était pas un romantique : sa médiocrité apparente cachait une nature complexe et contradictoire. Nostalgique de Paris, francophile, écœuré par le système soviétique, il décida de se tourner vers les services secrets français. Au printemps de 1981, par l'intermédiaire d'un homme d'affaires français de passage à Moscou, il fit donc parvenir à la DST un message dans lequel il proposait ses services.

En mars 1981, les Français doutaient encore ; mais en avril, ils étaient déjà convaincus : Vetrov donna le nom d'une « taupe » du KGB et fournit plusieurs dossiers brûlants sur le pillage technologique auquel se livraient les Soviétiques au profit de leur complexe militaro-industriel, le VPK.

La DST comprit alors qu'elle avait ferré un très gros poisson, qu'elle baptisa, en anglais – pour brouiller les pistes –, « *Farewell* » (« Adieu »). Au cours de l'année suivante, Vetrov produisit plus de quatre mille documents attestant ces activités de collecte et d'analyse de données scientifiques et techniques ! Il permit de démasquer un grand nombre d'espions du Kremlin dans les pays occidentaux et révéla avec précision l'identité de quatre cent cinquante agents du KGB.

Grâce à *Farewell*, la branche scientifique du renseignement soviétique des années 1980 fut décapitée et, avec elle, un pan entier de l'économie de l'URSS, menacé de faillite. Il agissait avec une incroyable témérité, sortant de son bureau au KGB des dossiers complets qu'il photographiait chez lui avant de faire passer les microfilms aux Français. Il transmit ainsi à l'Ouest un véritable monceau de documents…

Entre-temps, en janvier 1983, François Mitterrand apprit par le Quai d'Orsay que, depuis 1976, un dispositif électronique intégré au Télex de l'ambassade de France à Moscou permettait au KGB d'intercepter toutes les communications entre ces services diplomatiques et Paris. Furieux, le président français décida d'expulser des agents soviétiques résidant en France. Mais il fallut en établir la liste.

« Ce que fournit *Farewell* n'est, de ce point de vue, pas inutile », nota son conseiller Attali. Deux mois et demi plus tard, en date du 4 avril 1983, il put inscrire dans ses carnets : « Le compte est bon : expulsion demain de quarante-sept ressortissants soviétiques et de leurs familles, accusés d'espionnage. Les informations de *Farewell* ont permis d'établir une liste ! »

Dans les jours qui précédèrent les reconduites à la frontière, la DST, pour semer la confusion, multiplia les opérations contre les contacts du KGB et du GRU[1].

1. Huit « actions », se soldant par des gardes à vue et des auditions, se déroulèrent ainsi les 22, 23 et 25 mars.

Convoqué au Quai le 27 mars par François Scheer, secrétaire général des Relations extérieures, le ministre soviétique[1] protesta. Pour toute réplique, le diplomate français lui tendit le bilan du VPK de l'année 1979, dans sa version russe, qui faisait clairement état de manœuvres d'espionnage technologique. Le Soviétique parcourut brièvement la brochure, puis la rendit, silencieux, à son interlocuteur.

En date du 29 mars 1985, Jacques Attali consigna :

« Bruno Masure révèle l'affaire *Farewell* au journal télévisé. Il faut tout arrêter. *Farewell* est perdu. »

Le conseiller de François Mitterrand visait juste. L'agent avait en effet cessé de se présenter aux rendez-vous fixés à Moscou avec son contact français. Il ne paraissait pas non plus aux entrevues de repêchage, et ne donna jamais plus signe de vie.

Le reste, nous le connaissons par la version posthume communiquée par les services secrets soviétiques. Officiellement donc, l'aventure de Vetrov s'acheva sordidement le 22 février 1982, après un curieux incident dans un parc de Moscou, mettant brutalement fin à l'opération « *Farewell* ».

Ce jour-là, alors qu'il buvait – et se querellait – avec une secrétaire du KGB avec laquelle il entretenait une liaison[2], Vetrov aurait été abordé par un collègue. Surpris et craignant peut-être d'avoir été démasqué, il tua ce dernier d'un coup de couteau. Sa maîtresse tenta de s'enfuir : il la poignarda également, de peur qu'elle

1. Nikolaï Afanassievski.

2. Vetrov, qui menait une vie de plus en plus déréglée, avait une maîtresse, Ludmilla, dont il projetait de se séparer. Mais il avait apparemment été loquace avec elle, et elle le tenait.

ne le dénonçât. Mais la jeune femme survécut à ses blessures et témoigna contre lui.

Quel crédit accorder à ces faits ? Les services soviétiques n'ont-ils pas essayé de manipuler leurs homologues français après avoir appris la trahison de Vetrov ?

Toujours selon la version officielle, Vladimir Vetrov, condamné pour meurtre à l'automne de 1982, purgeait depuis quelques mois une peine de douze ans dans la prison d'Irkoutsk, lorsque le KGB commença à le soupçonner d'espionnage. Il signa son arrêt de mort en rédigeant une confession qui s'achevait en ces termes :

« Mon seul regret est de n'avoir pu causer plus de dommages à l'Union soviétique et rendre davantage de services à la France… »

La chasse au transfuge

Dès lors, le Kremlin fut hanté par la chasse aux transfuges. Pourtant, de 1973 à 1979, le KGB ne réussit à retrouver que deux transfuges d'après-guerre, l'un en Australie et l'autre aux États-Unis[1]. Ils n'avaient pas été exécutés par les tueurs du KGB.

« Qu'ils aillent au diable – ce sont des vieillards aujourd'hui, déclara Andropov. Trouvez-moi des traîtres plus récents et j'approuverai leur exécution. »

En décembre 1975, un agent double travaillant pour les Américains[2] fut embarqué dans une voiture après avoir été attiré en Autriche par des officiers opérationnels de la résidence de Vienne ; ils devaient l'exfiltrer à Moscou afin qu'il y fût interrogé. Mais le sédatif injecté au transfuge pour l'empêcher de se débattre sur la banquette arrière était si puissant qu'il en mourut…

Pendant la guerre froide, un officier du KGB en poste à Washington se vit confier une unique mission : localiser les transfuges. En guise de couverture, il

1. Petrov et Deryabine, qui étaient tous deux passés à l'Ouest dans les années 1950.

2. Nikolaï Artamonov.

occupait les fonctions de chef adjoint du département consulaire, ce qui lui donnait un excellent prétexte pour enquêter au sein des services d'immigration et de naturalisation ou des cabinets de juristes.

Bien plus tard, en 1992, le transfuge le plus éminent fut le colonel Ochtchenko qui avait été délégué à Paris sous la couverture diplomatique de conseiller de la représentation de l'URSS à l'Unesco. Recruté par le MI6 dix-sept ans auparavant, il fut discrètement exfiltré en Grande-Bretagne. Il appartenait au renseignement scientifique et technique. Ochtchenko devait bénéficier d'une promotion à l'issue de sa mission à l'étranger, qui touchait à sa fin. Le transfuge, désenchanté par la *perestroïka* de Gorbatchev, laissa entendre qu'il s'était lié aux services britanniques pour mener un « combat idéologique ». Par la suite, cependant, un de ses officiers traitants prétendit que sa motivation avait été purement lucrative…

L'agent qui trahit ainsi sa centrale prend un grand risque et doit faire preuve de beaucoup d'habileté. Il se retrouve un peu dans la peau d'un schizophrène : il lui faut continuer à se comporter en parfait officier de renseignements pour ne pas éveiller les soupçons de son service et satisfaire en même temps aux exigences de ses manipulateurs. À ce régime, pas étonnant que certains craquent !

Les alliés de Moscou au sein du bloc soviétique, et plus particulièrement les Bulgares, se montraient beaucoup moins prudents que le Kremlin. Le zèle avec lequel ceux-ci traquaient les « traîtres » qui s'étaient réfugiés à l'étranger devait beaucoup à l'exaspération du dictateur bulgare, Todor Jivkov, qui ne supportait pas les critiques et les railleries des expatriés. Le plus célèbre auteur de l'émigration, Georgi Markov, se livrait régulièrement à des commentaires sur la corruption et les excès du régime de Sofia sur l'antenne bulgare du World Service de la BBC et sur Radio Free Europe. Il ridiculisait volontiers le leader communiste, lui reprochant son médiocre sens de l'humour, sa brutalité de « policier de village », son penchant pour les « phrases pompeuses » et sa prétention à être un grand chasseur.

Au début de 1978, le ministre de l'Intérieur bulgare demanda au KGB de l'aider à liquider Georgi Markov. Cette requête fut examinée lors d'une réunion présidée par Andropov, à laquelle assistaient ses deux adjoints et Oleg Kalouguine, le chef du contre-espionnage. Peu enthousiaste à l'idée de prendre des risques pour les Bulgares, Andropov se rendit finalement à l'argument selon lequel un refus constituerait un affront intolérable pour leur dirigeant.

« Mais, insista-t-il, il n'y aura pas de participation directe de notre part. Donnez aux Bulgares ce dont ils ont besoin, montrez-leur comment s'en servir et envoyez quelqu'un à Sofia pour former leurs hommes. Un point c'est tout. »

Le KGB mit à leur disposition les ressources du laboratoire ultrasecret de poisons[1]. L'arme du crime fut dissimulée dans un parapluie américain faisant partie d'un lot acheté par la résidence du KGB à

1. Héritier de la Kamera de l'époque stalinienne, il était sous l'autorité d'un spécialiste des poisons, qui fut chargé de la liaison avec les Bulgares.

Washington. La pointe du parapluie avait été transformée en pistolet à silencieux. Cette arme tirait de minuscules plombs contenant une dose létale de ricine, un poison extrêmement violent extrait des graines de ricin.

Le 7 septembre 1978, alors que Markov attendait à un arrêt de bus sur Waterloo Bridge, il éprouva une légère piqûre à la cuisse droite. Se retournant machinalement, il aperçut derrière lui un homme debout qui avait laissé tomber son parapluie. L'étranger s'excusa, ramassa l'objet et s'engouffra dans un taxi qui attendait à proximité. Markov ne ressentit aucun effet immédiat. Mais il tomba gravement malade le lendemain et mourut à l'hôpital. L'autopsie permit de retrouver un tout petit plomb dans sa cuisse. La ricine, conformément aux prévisions du KGB, s'était décomposée.

L'assassinat de Markov attira l'attention d'un autre émigré bulgare, Vladimir Kostov, qui avait été victime, le 26 août, d'une étrange agression à Paris. Près d'un mois plus tard, le 25 septembre, un plomb en acier du même type que celui qui avait tué Markov fut extrait, encore intact, du dos de Kostov[1].

1. Au cours d'un séjour à Sofia peu de temps après, Kalouguine reçut un précieux fusil de chasse Browning en remerciement de l'aide apportée dans l'assassinat de Markov.

Le saut de la liberté

La plupart des transfuges n'étaient pas des espions ni des militaires, mais des artistes ou des scientifiques qui émigrèrent à partir des années 1960[1].

La figure emblématique en fut sans doute le jeune soliste du théâtre Kirov, le danseur Noureev. À l'époque, l'hostilité des autorités à son égard s'était durcie : le KGB projetait tout bonnement de lui interdire de quitter le territoire national. Le châtiment dépassait largement le « crime », lequel résidait dans le simple fait de porter intérêt à la langue anglaise et aux compagnies de ballet étrangères… Dans ce contexte, comment Rudolf Noureev put-il tout de même accompagner sa troupe à Paris en mai et juin 1961 ?

Cette décision fut prise par l'omnipotent comité central du PCUS, à la suite des démarches insistantes des coordinateurs français de la tournée, intéressés par la présence de la vedette de la danse soviétique. Ces derniers n'étaient autres que les Spectacles Lumbroso et leur associée, la fameuse ALAP (Agence littéraire et artistique parisienne), organisme très influent à

1. On recensait déjà six défections de cet ordre en 1960.

Moscou du fait de ses liens avec le Parti communiste français.

À Paris, le jeune artiste électrisa effectivement le public en dansant, lors de la deuxième soirée, des extraits de *la Bayadère*. Dès la première réception, qui eut lieu dans le foyer du palais Garnier, Rudolf s'entoura de nouveaux amis[1] tels que la danseuse étoile Claire Motte, le chorégraphe Pierre Lacotte, et surtout une riche héritière d'origine chilienne, fiancée au fils du ministre de la Culture André Malraux, Clara Saint, qui jouera bientôt un rôle clé dans la destinée de Noureev.

« Deux Rudolf » s'étaient révélés durant cette tournée. Celui du jour, flânant dans les boutiques et les lieux touristiques habituels, et le noctambule. Quand les autres artistes rentraient chez eux, sous l'œil vigilant de leur accompagnateur du KGB, Noureev faisait preuve d'une indépendance totale et courait les boîtes de nuit à la mode en compagnie de la fine fleur de la jeunesse parisienne. Peu lui importait d'être surveillé, il n'en faisait qu'à sa tête. Tant et si bien que le KGB prit le parti de l'empêcher de poursuivre la tournée en Angleterre et de le renvoyer en URSS. Les services secrets soviétiques expliquèrent plus tard les raisons de ce durcissement dans un document constituant le dossier du procès de Noureev, après sa défection en novembre 1961.

Selon les déclarations de M. Karbopel, du premier département européen au ministère soviétique des

1. D'après le témoignage de Fernand Lumbroso, le producteur de la tournée.

Affaires étrangères, et d'un certain Nemchun, troisième secrétaire de l'ambassade soviétique à Paris (en réalité un collaborateur du KGB), Noureev aurait fait savoir à ses amis français qu'il ne voulait pas retourner dans son pays. Le KGB précisa également que le danseur aurait eu des relations sexuelles « avec les chorégraphes français ».

À l'appui de ces assertions, le Kremlin stipula que Noureev devait être reconduit à Moscou et avisé de cette décision le jour du départ de la troupe. Le 16 juin 1961, à l'aéroport du Bourget, alors que la compagnie s'apprêtait à s'embarquer pour Londres, Rudolf apprit la nouvelle de la bouche du directeur artistique du Kirov.

« *Etovo ne mojet byt' !* » (« C'est impossible ! »), protesta-t-il, répétant encore et encore « *Kak tak ?* » (« Comment est-ce possible ? »).

Gagné par une espèce d'instinct de survie, il demanda alors aux hommes du KGB l'autorisation de téléphoner à Clara Saint. Cela lui fut accordé.

À mots couverts, il réussit à faire comprendre la gravité de la situation à son amie qui accourut bientôt, flanquée de deux policiers français en civil. Rudolf était là, debout, tendu, ne sachant que faire, quand un éclair traversa son regard. Clara et les deux policiers se tenaient à quelques mètres de lui. Tout était encore possible.

Soudain, comme un diable jaillissant d'une boîte, il se propulsa en un bond fantastique derrière ses alliés. Amis, officiels, photographes, tous étaient éberlués. Ce « saut vers la liberté » déchaîna la presse. Et

Noureev d'entrer dans la légende, sur les traces du poète Pasternak qui, trois ans auparavant, avait défié le Kremlin en se voyant attribuer le prix Nobel pour son roman, *le Docteur Jivago*.

Le danseur fut conduit sans délai dans un bureau du premier étage de l'aéroport, où il demeura jusqu'à ce que la foule se dispersât. Puis il se rendit place Beauvau, afin de remplir les formalités requises. Pour lui épargner les questions des journalistes, la police aéroportuaire le fit sortir par une porte de service. Pendant ce temps, Clara Saint livrait à la presse son interprétation des événements. Sur le chemin du ministère de l'Intérieur, la voiture de police changea subitement d'itinéraire, donnant à Noureev des sueurs froides.

« L'ambassade soviétique ? », demanda-t-il, visiblement affolé.

L'agent de la DST le rassura :

« Simple précaution pour éviter les embouteillages. »

Le danseur passa environ deux heures place Beauvau, puis chercha à rejoindre Clara chez elle, mais la DST l'en dissuada. Le KGB avait d'ores et déjà pris soin de placer deux hommes devant son domicile. Claire Motte, en tournée, n'était pas au Bourget ce jour-là. Elle regagna Paris le lendemain. Célibataire, elle habitait seule dans un atelier d'artiste au 31, boulevard Berthier.

Claire accueillit un temps le transfuge. Rudolf resta cloîtré plusieurs jours. Il m'exposa plus tard comment, pour sa première sortie, il s'était mis à quatre pattes à l'arrière de la voiture, car un véhicule des services secrets soviétiques les suivait. Il retourna le lendemain au ministère de l'Intérieur pour se faire délivrer un titre de voyage ; son passeport n'était à l'évidence plus valable.

Une nouvelle vie commençait pour le danseur. De son côté, le KGB s'employa à justifier l'absence de son soliste auprès de la troupe par différents motifs – pour les uns, Noureev était souffrant ; pour d'autres, il avait été sollicité au Kremlin pour participer à un concert officiel. Même le directeur du Kirov n'apprit sa défection qu'à Londres.

La version officielle[1] stipulait que son geste avait été purement improvisé et provoqué par la maladresse de la direction du Kirov. Paradoxalement, le danseur accepta toute sa vie cette interprétation des faits, essentiellement pour protéger sa famille qui subit de nombreuses pressions. Chacun y trouvait son intérêt : les apparatchiks atténuaient ainsi la portée politique de la résolution de Noureev, tandis que lui-même évitait aux siens, restés en URSS, le courroux de la machine de répression soviétique.

En revanche, les résidents successifs du KGB à Paris avaient une tout autre vision de cette défection. Pour eux, il était clair que Noureev était arrivé à Paris avec le dessein de passer à l'Ouest, puisqu'il avait évoqué sa désertion avec plusieurs de ses interlocuteurs français. Toujours selon le KGB, le danseur et chorégraphe Pierre Lacotte lui aurait conseillé avec insistance de fuir l'URSS. Pendant la tournée parisienne, les agents soviétiques avaient suivi pas à pas les fréquentations de l'artiste et considéraient que le rôle

1. Voir l'annexe 2.

principal de cette affaire avait été tenu par Clara Saint, élément essentiel d'un « piège monté par la CIA ». D'autre part, ils attribuaient une certaine importance à Serge Lifar, directeur de l'Opéra de Paris, lui-même d'origine russe, qui aurait laissé miroiter au danseur la perspective d'une collaboration avec cette institution prestigieuse.

En tout état de cause, même en 1987, pendant la *perestroïka*, les guébistes parisiens ne manquèrent pas de dire à qui voulait l'entendre que Noureev avait été « choisi » par la CIA comme candidat à la défection. Bref, s'appuyant également sur le fait qu'il avait été jugé par contumace à Leningrad et accusé de haute trahison, les officiers du KGB étaient prêts à développer n'importe quelle thèse visant à saboter la tournée du transfuge dans son pays natal.

Le procès de Noureev eut lieu à l'automne 1961, sous le contrôle du KGB. Certes, des témoins y avaient été admis, mais pas le public. Parmi eux se tenaient Pouchkine, ancien professeur et ami intime de Noureev ; Sergeev, ancien directeur du Kirov ; la danseuse Alla Ossipenko et plusieurs agents du KGB, notamment le lieutenant-colonel Strizevsky qui avait assuré la surveillance du danseur pendant la tournée parisienne.

Seul Pouchkine essaya de disculper son ex-élève en affirmant que le danseur avait vécu avec lui « comme un membre de sa famille ». Il omit naturellement de mentionner le caractère de leurs rapports, car, depuis l'époque de Staline, l'homosexualité était considérée en URSS comme un crime passible de quinze ans de prison.

« Ce garçon avait les nerfs à fleur de peau et était maladroit dans ses contacts, mais il n'éprouvait aucune espèce d'intérêt pour la politique. S'il a décidé de rester à l'Ouest, ce fut dans un élan de passion. »

L'étoile du Kirov, Ossipenko, brossa un portrait beaucoup plus sévère :

« Noureev ne respectait personne. Il traitait les gens de son entourage avec dédain ; un garçon fruste et mal élevé. Aucune autorité n'existait pour lui. C'était un danseur doué, plein de talent, mais il se croyait irremplaçable… »

Les représentants du KGB soulignèrent à leur tour que le danseur s'était plaint à des Français que le théâtre ne lui donnait pas de travail et qu'il n'était pas libre de faire ce qu'il voulait.

Non seulement les jurés reconnurent Noureev coupable de trahison, mais ils réclamèrent également une lourde condamnation, de quatorze à vingt ans d'emprisonnement. Toutefois, le juge en décida autrement en ramenant la peine à six ou sept ans, avec l'assurance que, si Noureev rentrait au pays, son affaire serait rouverte et « réexaminée ».

Pourquoi cette clémence inhabituelle ? Il s'agissait simplement de faire savoir à Noureev qu'en cas de retour il pouvait espérer l'indulgence des autorités soviétiques.

Pendant ce temps, à Oufa, les parents de Rudolf étaient animés de sentiments divergents face à l'attitude de leur fils. Tandis que Farida, sa mère, s'inquiétait de sa situation matérielle en Occident, son père, lui, était plus préoccupé par les accusations portées par leur entourage, qui accusait Noureev de jeter le discrédit sur son pays.

À la suite de sa défection, les proches du danseur lui téléphonèrent l'un après l'autre à Paris. Tous l'incitèrent à rentrer en URSS, sachant pourtant pertinemment qu'il serait aussitôt envoyé au bagne.

Sa sœur Razida insista particulièrement pour qu'il rejoignît sans tarder Leningrad afin d'assister à son mariage. Elle prétendit s'adresser à lui non sur les instances du KGB, mais de son propre chef, alors qu'elle était influencée par la propagande continuelle.

Mais Rudolf n'était pas dupe. D'ailleurs, dans son autobiographie, il précise que les autorités soviétiques avaient tout simplement « arrangé » ces conversations.

Cependant, le KGB n'entendait pas accepter aussi aisément la fuite du danseur et entama une campagne d'intoxication dans la presse internationale pour le discréditer[1].

Le Kremlin avertit également les autorités françaises que si Noureev était autorisé à danser au Ballet de l'Opéra de Paris, les échanges culturels entre la France et l'Union soviétique seraient suspendus[2].

---

1. Même le prestigieux magazine londonien *Dancing Times* commença alors un de ses éditoriaux en affirmant que la désertion de Noureev n'avait pas porté préjudice à la qualité des représentations du Kirov à Londres. La compagnie était si forte, disait-il, qu'elle pouvait aisément survivre à la perte d'un soliste comme Noureev qui n'était qu'« un danseur complètement désorienté, passé à l'Ouest d'une manière irréfléchie, à cause de l'adulation dont il avait fait l'objet à Paris et qui lui avait tourné la tête ».
2. Les autorités soviétiques réitérèrent leur menace de boycott culturel quand, vingt-deux ans plus tard, en 1983, Noureev fut nommé directeur de la troupe du Ballet de l'Opéra de Paris.

Pour calmer les inquiétudes de Moscou, le directeur de l'Opéra, Serge Lifar, accorda même une interview au journal gouvernemental soviétique, présentant Noureev comme « un opportuniste qui allait bientôt tomber dans l'oubli ».

Au début, la vie du danseur en Occident était rythmée par ces intimidations incessantes. Accompagné de deux gardes du corps (engagés par sa nouvelle compagnie, le Grand Ballet du marquis de Cuevas), il se rendait directement au théâtre le matin, répétait, allait déjeuner dans le restaurant le plus proche, puis rentrait chez lui où il passait le reste de la journée.

Deux jours après son installation dans un appartement donnant sur le jardin du Luxembourg, des hommes du KGB étaient déjà postés en bas de l'immeuble. Le directeur de la compagnie se mit à recevoir des coups de téléphone anonymes l'accusant de « protéger le traître Noureev ». Quatre mois après sa fuite, il reçut, par l'intermédiaire de l'ambassade soviétique à Paris, trois missives : une de son père, une de sa mère et une de son professeur bien-aimé, Pouchkine. Le danseur me raconta plus tard qu'il avait été « abasourdi ». C'était la première fois qu'il recevait des lettres de Russie. Comme les coups de téléphone, cette mise en scène était naturellement destinée à le traumatiser…

Rudolf ne prêta pas une attention particulière au télégramme de sa mère, car il n'était pas certain qu'il soit de sa main. Il lut ensuite la lettre de son père. Fidèle à lui-même, ce dernier accusait son fils d'avoir trahi sa terre natale, concluant qu'« il n'y avait pas d'excuse à un tel crime ». Mais ce qui blessa le plus le danseur, ce fut la lettre désespérante de son professeur Pouchkine, décrivant Paris comme une ville décadente dans laquelle il allait se corrompre et perdre non seulement la technique de la danse, mais aussi son âme. La seule chose qui lui restait à faire était de « rentrer en URSS immédiatement[1] ».

Après la défection de son fils, la santé de la mère de Noureev, Farida, commença à décliner. Le ministre de la Culture soviétique, Ekaterina Fourtseva, eut alors la lumineuse idée de se servir de ces circonstances comme d'un stratagème, en proposant d'envoyer Farida se faire soigner en France, afin qu'elle ramenât Rudolf. Le KGB, en définitive, s'opposa à ce projet, persuadé que le danseur retiendrait sa mère à Paris. Farida et sa fille se rendirent tout de même à Moscou pour rencontrer Ekaterina Fourtseva et lui camper (bien entendu en présence des agents du KGB) un portrait intime de Noureev en vue de son rapatriement.

La situation des parents du danseur à Oufa était très pénible. En particulier pour son père, qui supportait mal cette atmosphère hostile. En effet, jusqu'à sa mort prématurée à soixante et un ans, il eut à subir les pressions constantes de la cellule locale du parti menant une campagne virulente contre « celui qui avait élevé un traître ». Certes, les autorités ne les empêchaient pas de travailler, mais ils vivaient dans un tel climat d'animosité qu'ils furent contraints de déménager.

1. Plus tard, le KGB proposa même à Pouchkine de se rendre personnellement à Paris, afin de convaincre Rudolf de rentrer au pays. Mais le vieux professeur refusa : « Je ne pouvais rien dire de tout cela à Noureev les yeux dans les yeux… »

En automne 1962, un journal polonais rapporta dans un bref article que Noureev avait acheté une villa dans le sud de la France, sur les hauteurs de Monte-Carlo. L'entrefilet stipulait un prix de 1,2 million de dollars[1]. En URSS, des amis transmirent le journal à la famille du danseur. Cette nouvelle marqua un changement d'attitude chez Farida. Jusqu'alors, elle avait sincèrement cru à la propagande soviétique et avait vécu dans la pensée que son unique fils risquait de souffrir de la pauvreté et même de mourir de faim. Mais après avoir pris connaissance de cet article, la mère du danseur s'exclama :

« Eh bien alors, qu'on le laisse vivre là-bas, au nom du ciel ! »

Au début de l'année 1963, Rudolf réussit à faire passer un message invitant sa mère (mais pas son père) à venir le voir ; cependant, les autorités s'y opposèrent. Farida se rendit alors au quartier général local du KGB, afin d'étudier l'éventualité d'un voyage.

« Dites-lui de venir ici, s'il vous manque, lui répondit-on ; laissez-le venir lui-même. »

Comprenant ce que les hommes du KGB avaient en tête, Farida, qui avait bien sûr entendu parler du verdict rendu par la cour de Leningrad, se fâcha :

« Vous voulez vous servir de moi pour l'envoyer en prison, aurait-elle dit. Eh bien, je ne lui demanderai pas de venir. »

La Russie, sa famille et ses amis manquèrent-ils à Noureev ?

1. En réalité, la villa lui avait coûté 42 000 dollars, soit 300 000 francs français.

« J'ai beaucoup souffert… », m'avoua-t-il en 1987.

Et de déclarer à un journaliste :

« Je ne retournerai jamais dans mon pays, mais je ne serai jamais heureux non plus dans le vôtre. »

Pourtant, sa carrière artistique fut éblouissante. Au début de son séjour en Occident, il dansa avec le Grand Ballet du marquis de Cuevas ; puis, à partir de 1962, avec le Royal Ballet de Londres. Sa venue à l'Ouest infusa d'ailleurs, selon sa propre expression, un « sang nouveau » au ballet occidental. Noureev eut ainsi sur la danse un effet bénéfique, défiant tous les complots du KGB.

4.
Le crépuscule de l'Empire

Les « gardiens du temple »

De nos jours, Vladimir Poutine n'hésite pas à présenter les agents secrets comme une élite au service des intérêts supérieurs de la Russie. Ces « gardiens du temple » se sont bel et bien emparés du pouvoir depuis plusieurs décennies, en perpétuant les pratiques d'une époque révolue.

Mais comment opérer sans renoncer aux méthodes répressives ou aux assassinats politiques ? L'un des ex-présidents du KGB, Semitchastny, révéla ainsi avoir été contacté en 1964 par Brejnev, instigateur du complot contre Khrouchtchev, qui lui proposa tout bonnement de planifier l'assassinat du successeur de Staline…

Finalement, à l'automne 1964, Khrouchtchev fut limogé à la suite d'une conspiration ourdie par les boyards du Kremlin, soucieux d'assurer leur poste menacé par son « imprévisibilité ». Leonid Brejnev fut alors proclamé « tsar rouge ».

Ce méridional natif d'Ukraine était un maître en intrigue, jovial amateur de chasse, de bonne chère et de voitures de sport. Absorbé par ses petits plaisirs et les péripéties politiques, Brejnev abandonna le KGB aux mains d'un personnage hors du commun, qui entra dans les annales du renseignement : Iouri Andropov.

D'un KGB désorganisé par l'affaire Beria et souvent tenu en échec par le contre-espionnage américain, britannique ou français, Andropov sut tirer un instrument efficace, devenant ainsi l'un des hommes les plus puissants du régime. Mais il fut aussi, paradoxalement, l'espoir des modernistes, sinon des libéraux – de ceux qui, sans remettre en question le système, voulaient croire à son évolution –, une sorte de second Beria, moins chargé de crimes que le premier, plus prudent et, somme toute, plus crédible.

Cette réputation tenait d'abord à son allure personnelle. Peut-être parce qu'il n'était pas un professionnel de l'espionnage, mais avant tout un haut fonctionnaire chargé des relations avec l'étranger et un diplomate, Andropov s'autorisait à afficher une sorte d'engouement pour le monde anglo-saxon : il lisait ou faisait lire des livres et des périodiques américains ou britanniques, écoutait des disques de jazz – Glenn Miller et Miles Davis – et ne buvait en société que du whisky écossais. Un de ses enfants, Igor, né en 1945, avait été éduqué dans de prestigieuses écoles soviétiques et autorisé à séjourner longuement aux États-Unis, où il écrivit une thèse sur le mouvement syndical local. Fallait-il y voir l'expression la plus achevée de la conscience professionnelle (c'est le devoir de tout espion que de connaître intimement l'adversaire), une attitude machiavélique ou un non-conformisme réel ?

Son ton courtois, son curieux sourire inspiraient à ses interlocuteurs une sorte de malaise ; il semblait vouloir mettre autrui en confiance, sans pour autant répondre aux éventuelles interrogations. Ses yeux étaient tout aussi inquiétants ; ils changeaient soudain de couleur et l'on croyait y voir, derrière ses lunettes, une flamme glaciale.

Cette réputation libérale ou moderniste du chef du KGB reposait également sur des faits tangibles. Il avait été, au début des années 1950, l'un des artisans du « compromis finlandais » : le maintien d'une Finlande semi-indépendante, « bourgeoise » mais « neutre », fonctionnant comme un sas étanche entre l'URSS et l'Occident.

Ambassadeur en Hongrie, il avait certes dû diriger la répression après l'insurrection de l'automne 1956 et sacrifier au passage des hommes sur lesquels il avait misé (comme le chef des réformistes, Imre Nagy), mais il parvint finalement à mettre en place un gouvernement à la fois relativement modéré et loyal à l'URSS.

Plus tard, à la tête du département du comité central chargé des relations avec les partis socialistes et ouvriers[1], il approfondit ces méthodes en encourageant notamment des « partis frères » à se réclamer d'un marxisme hybride, métissé, selon le cas, de « libéralisme bourgeois », de nationalisme ou même de religiosité chrétienne ou islamique.

« Je ne sais pas si Andropov croyait au socialisme, me confiera Yakovlev, futur idéologue de la *perestroïka*, mais il fut un néostalinien convaincu. »

Le nouveau KGB, tel qu'Andropov le remodela à la fin des années 1970, était plus proche de l'Okhrana

1. L'organisme qui a remplacé l'Internationale communiste.

tsariste[1] que du NKVD des grandes purges ; un instrument de contrôle plutôt que de terreur, même s'il habillait ce choix d'une citation ambiguë de Staline : « L'important n'est pas que le poing frappe, mais qu'il soit toujours suspendu au-dessus de chacun… » Il soutiendrait les réformistes « désireux de travailler au sein du socialisme », mais briserait les autres, qui n'étaient que « des dissidents et des traîtres »…

Andropov raisonnait en termes tranchés. D'un côté, il y avait l'URSS, le parti, « les pays et les partis frères ». De l'autre, les États-Unis, l'Occident, l'impérialisme. Et entre les deux, il ne pouvait imaginer qu'une lutte de tous les instants. Ce qui n'excluait pas, bien entendu, le souci de l'efficacité…

À la tête du KGB de 1967 à 1982, il essaya ainsi de maintenir la subversion idéologique au premier rang des préoccupations de l'équipe dirigeante. Parfois, son approche devenait carrément surréaliste. Pouvaient ainsi atterrir sur son bureau des affaires aussi futiles (selon les critères occidentaux) que les activités d'un petit groupe de Témoins de Jéhovah au fin fond de la Sibérie ou la publication à Paris, sans autorisation, d'une nouvelle d'un auteur soviétique. Les dissidents qui avaient rencontré peu d'écho dans la population occupaient les discussions du Kremlin des heures durant.

À l'intérieur du pays, comme le dépeint avec justesse *la Vie des autres*, le film primé aux Oscars en 2007, il appartenait aux services secrets d'enregistrer tout ce qui se murmurait non seulement au sein des

1. Voir l'annexe 1.

usines, des administrations et des familles, mais aussi à l'étranger[1] !

Andropov n'était pas enclin à l'indulgence envers ses adversaires. En mai 1981 se tint une grande conférence du KGB. Le chef du Kremlin, Brejnev, épuisé par la maladie, y prononça un discours ultra secret fustigeant la politique de Reagan comme une « grave menace pour la paix mondiale ».

Puis Andropov prit la parole et, à la stupéfaction générale, annonça que le KGB et le GRU (le renseignement militaire) allaient pour la première fois coopérer. Le président du KGB expliqua que l'objet de cette association était une opération de renseignement à l'échelle mondiale, l'opération « RYAN[2] ».

Il s'agissait de collecter des informations sur le projet (parfaitement imaginaire) prêté à l'administration Reagan d'une première frappe nucléaire sur l'Union soviétique. Ce fantasme illustre magistralement l'inap-

1. En avril 1981, par exemple, après un voyage aux États-Unis effectué à la demande du KGB, l'un des meilleurs spécialistes de ce pays, l'académicien Arbatov, envoyait un rapport à Andropov. Lors d'un dîner à la Maison-Blanche, il avait pu observer Reagan pendant une heure et demie (il n'avait été qu'à une quinzaine de mètres de lui). Arbatov écrivit ses impressions : pour lui, Reagan jouait son rôle de président, mais il le jouait avec une émotion sincère. Il avait eu les larmes aux yeux lorsqu'on avait apporté les drapeaux des quatre armes et lorsqu'il s'était levé, la main sur le cœur, pendant que retentissait l'hymne national. Nancy Reagan ne l'avait pas quitté des yeux. Son attitude adoratrice rappelait à ce représentant du Kremlin celle d'une « *teenager* soudain mise en présence de sa *pop star* préférée ». Le discours de Reagan à l'assemblée de journalistes avait été « exceptionnellement superficiel », mais le président n'en avait pas moins joué à la perfection son rôle de « père de la nation » : un grand dirigeant ayant gardé humanité, sens de l'humour et du contact.

2. L'acronyme de *Raketno-Yadernoïe Napadenie*, qui signifie « attaque de missiles nucléaires ».

titude de l'espionnage du Kremlin à déchiffrer la politique américaine, se fourvoyant dans une « théorie du complot ».

En novembre 1982, Andropov devint le chef du Kremlin, succédant à Brejnev. Mais il garda tout pouvoir sur le KGB. (D'ailleurs, ses visiteurs les plus assidus étaient des officiers supérieurs des services secrets.) Tout au long de son bref mandat, cette chimérique opération « RYAN » allait demeurer la priorité absolue du Kremlin. Pendant plusieurs années, l'espionnage de Moscou succomba à ce que son propre ambassadeur à Washington[1] appela une « interprétation paranoïde » de la politique américaine.

Dans les capitales occidentales, la plupart des agents secrets soviétiques étaient moins alarmistes qu'Andropov. La majorité des membres du KGB de la résidence de Paris accueillirent ainsi l'opération « RYAN » avec scepticisme. Mais personne ne voulait risquer sa carrière en contestant ouvertement l'« opinion des chefs ».

Le renseignement tomba donc dans un cercle vicieux : les agents secrets furent sommés de découvrir des informations coïncidant avec les vues d'Andropov qui, lorsqu'il les reçut, les jugea évidemment inquiétantes et en exigea davantage. Quand Reagan annonça le programme d'Initiative de défense stratégique (IDS) – plus connu sous le nom de « guerre des étoiles » –, en mars 1983, le chef du Kremlin y vit une tactique de préparation psychologique de la population américaine à la guerre nucléaire.

1. Anatoli Dobrynine.

Gravement malade, Andropov était condamné. De son lit, pourtant, le 28 septembre 1983, il se livra à une dénonciation de la politique américaine, formulée dans un style dantesque sans précédent depuis le début de la guerre froide :

« Une furieuse psychose militariste s'est emparée des États-Unis. L'administration Reagan va si loin dans ses ambitions impériales que l'on en vient à se demander si Washington est encore capable de s'arrêter avant la ligne que toute personne sensée ne doit pas franchir. »

L'inquiétude atteignit son paroxysme en novembre 1983 durant les manœuvres menées par l'OTAN pour expérimenter les procédures nucléaires. Pendant quelques jours, Moscou fut hantée par la crainte que l'exercice de simulation ne soit, en réalité, la couverture d'une première frappe nucléaire.

Dans ce contexte, le monde aurait pu plonger dans l'apocalypse. D'ailleurs, certains officiers du KGB furent alors davantage préoccupés par l'alarmisme régnant à Moscou que par la menace d'une attaque surprise de l'Occident.

Dans l'intervalle, Andropov ordonna à ses « illégaux » de préparer des actes de terrorisme contre des cibles britanniques et américaines en Europe. On envisagea même l'envoi de colis piégés au Premier ministre britannique Margaret Thatcher, aux 10, Downing Street, ainsi qu'à plusieurs personnalités des États-Unis et de l'OTAN. Vers la même époque, le KGB établit également une série de caches dormantes pourvues d'explosifs dans des bars et des restaurants proches des bases américaines en Allemagne de l'Ouest : on pourrait les faire sauter en donnant l'impression qu'il s'agissait d'attaques terroristes[1].

Washington s'inquiétait des efforts du KGB pour déceler les preuves – inexistantes – d'un projet d'attaque nucléaire préventive des États-Unis et de l'OTAN. Les Américains décidèrent donc d'« envoyer des signes » destinés à rassurer le Kremlin.

À l'époque, la plupart des observateurs occidentaux considéraient encore que le régime soviétique se maintiendrait longtemps. D'où la stupéfaction générale lorsque l'ordre communiste s'effondra si rapidement en Europe orientale dans les derniers mois de 1989, suivi, deux ans plus tard, par la désintégration de l'État soviétique.

« Je ne connais personne, avoua Henry Kissinger en 1992, qui ait prédit l'évolution en Union soviétique ! »

À vrai dire, l'Occident sous-estima le rôle central que jouait le KGB dans le fonctionnement du régime, méjugeant de l'influence de ses chefs. Comme nous l'avons vu, Beria était en son temps devenu l'homme le plus puissant du pays après Staline. « Mon Himmler ! », dit une fois de lui ce dernier.

1. Les emplacements choisis comprenaient l'arrière d'un distributeur automatique, une niche de ventilation située sous un évier, le dessus d'une poutre de bois surmontant des toilettes ou le dessous d'un distributeur de serviettes en papier. En 1985, la CIA découvrit ces caches « RYAN », mais, à l'époque, l'opération était en perte de vitesse. En effet, les projets d'attaques terroristes du KGB contre des cibles de l'OTAN avaient été gelés après la mort de leurs deux principaux promoteurs (Andropov, puis le vieux maréchal Oustinov, ministre de la Défense).

À la mort du dictateur, en 1953, Beria fut le premier chef de la police secrète à viser la fonction suprême. Ce sera finalement Andropov, ce président emblématique de la police politique, qui parviendra à détenir les rênes du pouvoir au Kremlin, non sans commettre une erreur fatale : désigner Gorbatchev comme son héritier présomptif.

La *perestroïka*

Mikhaïl Gorbatchev est nommé secrétaire général le 11 mars 1985. Le sixième secrétaire général, Konstantin Tchernenko, âgé de soixante-quatorze ans, vient de mourir au terme de treize mois de règne. Le cinquième, Iouri Andropov, n'a lui-même gouverné que seize mois : parvenu au sommet de l'État à l'âge de soixante-huit ans en novembre 1982, mais atteint d'une sévère affection rénale en août 1983, il est emporté en février 1984. Brejnev, le quatrième secrétaire général, est mort à soixante-seize ans, après dix-huit ans d'exercice du pouvoir, mais il a été gravement malade et quasiment sénile pendant les sept ou huit dernières années.

L'URSS a donc traversé une décennie entière dans une ombre funèbre. Interchangeables, fripés, cacochymes, les hiérarques du Kremlin se sont succédé, ont prononcé des discours convenus, se sont éteints et ont été portés en terre par d'autres vieillards. La sénescence des chefs semblait refléter celle de l'Empire…

C'est en partie pour conjurer ce sentiment que le bureau politique, dont six membres sur dix avaient près ou plus de quatre-vingts ans, s'est tourné vers son benjamin, alors âgé de cinquante-quatre ans seulement.

Mikhaïl Gorbatchev était bel homme. Des taches de vin (qu'il se refusa bientôt à faire retoucher sur ses portraits officiels) maculaient son front, mais ses traits étaient harmonieux, sa voix chaleureuse, son ton enjoué. On lui attribuait d'ailleurs, comme à beaucoup de Russes du Sud, des origines grecques. S'il portait les vêtements bourgeois de mise chez les hauts dignitaires du régime depuis la fin des années 1940, il les égayait par des cols de chemise à l'italienne, des cravates aux coloris mats. En outre, il pouvait s'enorgueillir d'une épouse vive et pétillante, Raïssa. Tous deux, unis de longue date, étaient toujours profondément épris.

Né en 1931 dans un village sur les contreforts nord du Caucase, le nouveau chef du Kremlin avait été un éternel premier de classe. Il avait suivi des études de droit sous Staline, à l'université de Moscou, établissement prestigieux entre tous, où les deux tiers des étudiants étaient des enfants de la haute nomenklatura. Pour y accéder, le jeune Gorbatchev avait bénéficié d'un quota en faveur des « activistes agricoles », la catégorie sociale à laquelle appartenaient ses parents. Puis vint son mariage d'amour avec Raïssa Titorenko, professeur de « matérialisme dialectique », en 1953.

À l'époque, il y avait deux voie royales pour réussir : le KGB ou le parti. L'épouse de Gorbatchev éprouvait une vive réticence pour le premier ; elle poussa son mari à revenir vers son fief natal, où il devint un apparatchik communiste. Bref, un cursus classique…

En 1968, enfin, il fut promu au rang de premier secrétaire régional[1]. Vice-roi du Caucase Nord pendant dix

1. Le titulaire précédent étant « monté » à Moscou.

ans, Mikhaïl obéit à ses supérieurs et à ses protecteurs sans états d'âme, notamment lorsque ceux-ci lui demandaient des services d'ordre féodal ou privé, mais ne se laissa pas aller pour autant à une corruption sans vergogne, à la différence de la plupart de ses homologues.

Il ne rechignait pas à être autocrate, mais se voulait éclairé. Sa résidence était élégante, dans le style de l'ancien régime : les parquets et les meubles sentaient bon la cire d'abeille. Au printemps, il pique-niquait avec sa femme dans les champs aux environs de sa ville, récitant les *Roubayat* d'Omar Khayyam :

> Est-il plus grand plaisir que de boire du vin à l'ombre des ruines antiques, aux côtés d'une jeune beauté aux joues de tulipe ?

L'été, le couple s'échappait dans la montagne ou sur une ancienne plage impériale de la mer Noire. Leurs séjours à Moscou étaient fréquents[1].

Privilège plus rare, les Gorbatchev avaient été autorisés à se rendre par trois fois en Occident, sous le prétexte de rencontres avec les partis communistes locaux : en Belgique d'abord, dès 1974, en Allemagne de l'Ouest l'année suivante, et enfin en France, en 1976. Ce dernier voyage les marqua beaucoup : logés dans l'ancienne villa de Thorez à Bazainville, Gorbatchev et son épouse avaient été conviés à parcourir sans relâche Paris et la province, notamment le Midi.

1. Comme tout apparatchik d'un certain rang, Gorbatchev avait été nommé membre du comité central dès 1971 et membre du Soviet suprême en 1974.

Dans le district de Gorbatchev se trouvait une station balnéaire renommée pour ses eaux ferrugineuses. Les personnages de premier plan du pays y venaient en cure. Ainsi s'était-il lié avec Andropov qui y soignait ses reins déjà fragiles. Les deux hommes dînaient souvent sous la véranda, d'un potage glacé, d'un poisson de rivière, et se trouvaient de nombreux points communs.

Andropov passait pour avoir, lui aussi, des origines helléniques. Et il était natif, lui aussi, de la région : fils d'un employé de chemin de fer, il avait vu le jour en 1914 non loin de Stavropol. Raïssa, qui savait créer une ambiance propice à ce genre de contact, fut également un guide avisé pour Andropov et son épouse. Au cours de ces soirées, les deux hommes évoquaient la nécessité d'engager des réformes, cherchant les moyens de redonner vigueur au régime.

Leur rencontre constitue sans conteste l'un des tournants majeurs de l'histoire. Désormais, Gorbatchev avait le vent en poupe. D'ailleurs Raïssa ne doutait pas de son destin. « Je ferai de Mikhaïl un tsar au Kremlin », aurait-elle assuré, selon le témoignage de son éminence grise, Alexandre Yakovlev.

Quelques mois plus tard, les événements se précipitèrent. Sous la houlette de Iouri Andropov, Gorbatchev devint, en 1983, le numéro deux du PCUS. Il se trouvait également en charge de l'Agriculture. Cette année-là, il s'était rendu au Canada pour une mission d'observation. Tenu pour une étoile montante du parti, il fut reçu par le Premier ministre Pierre Elliott Trudeau, à l'initiative d'Alexandre Yakovlev, alors ambassadeur de l'URSS à Ottawa[1]. Circonstance de nouveau décisive, car Yakovlev influera de manière tout à fait exceptionnelle le cours des choses.

Né en 1923, Yakovlev avait suivi le parcours classique des hommes de sa génération. Officier des fusiliers marins pendant la Seconde Guerre mondiale, il avait été blessé et en gardait une légère claudication. Pour cette raison, les diplomates français l'avaient surnommé « le Diable boiteux », comme Talleyrand autrefois. Au début des années 1970, après avoir critiqué le nationalisme russe, il avait été mis à l'écart à l'étranger, où il occupait depuis une charge dorée.

En attendant sur le tarmac leur hôte canadien, dont l'avion avait pris du retard, Gorbatchev et Yakovlev engagèrent une conversation[2]. Seul à seul, sans escorte.

« Vous savez, confia ce dernier, si l'URSS continue comme ça, nous risquons la guerre civile, l'apocalypse et la fin du pays. »

Des propos très inattendus pour un apparatchik soviétique !

Gorbatchev réagit de manière surprenante :

« Oui, vous avez mille fois raison ! »

Ils commencèrent alors à échanger leurs points de vue. C'est au cours de cet entretien que la *perestroïka* fut élaborée. Ils avaient décidé d'en finir avec la doctrine de Brejnev, avec le partage du monde. Ils s'étaient surtout posé une question essentielle : quel était le coût de la politique étrangère et de la course aux armements ?

---

1. Gorbatchev et Yakovlev s'étaient connus dans les années 1970, s'étant croisés à plusieurs reprises au comité central où ce dernier s'occupait de la presse.
2. Yakovlev m'a lui-même rapporté la scène.

Se sachant malade, Andropov voulait avantager son héritier présomptif. À vrai dire, les services d'espionnage ne furent pas étrangers à ce choix : Gorbatchev avait été mandaté par les têtes pensantes du KGB pour être le « Deng Xiaoping russe ». C'est-à-dire pour pratiquer une ouverture économique associée à un verrouillage du système.

Il fallait donc prendre des mesures immédiates, et Gorbatchev chargea Yakovlev d'y réfléchir. Il le rappela à Moscou pour le nommer à la tête d'un étrange centre scientifique, l'Imemo[1], avec mission d'en faire un laboratoire d'idées. Cet autre « Vautrin » mit alors à la disposition du « Rastignac du Kremlin » un vaste réseau d'intellectuels.

Cependant, les dés n'étaient pas encore jetés. La situation était compliquée. Certes, l'homme fort du moment, Andropov, voulait voir son « protégé » lui succéder, mais à sa mort, au début de l'année 1984, les vieux bonzes du Kremlin lui préférèrent un sénile fonctionnaire du parti[2]. La faiblesse de ce « leader » attisa la lutte au sommet, qui devint dès lors impitoyable.

Dans ce contexte, il fallait bien choisir ses alliés. Gorbatchev ne s'y trompa guère. Il l'emporta grâce au soutien d'une alliance insolite entre le KGB, l'armée et… l'intelligentsia ! Les deux premiers lui semblaient acquis par l'intermédiaire d'Andropov ; Yakovlev lui procura une ouverture inespérée dans les cercles intellectuels moscovites. (Ce dernier y était

---

1. Institut des relations internationales et de l'économie mondiale.
2. Konstantin Tchernenko, baptisé « l'ouvreur de bouteilles »…

toujours estimé en raison de ses attaques antinationalistes contre les mouvements néostaliniens.) Il fit également bénéficier son protecteur de son art de l'intrigue, appris au fil du temps, de son expérience diplomatique et de sa connaissance des États-Unis, acquise en fréquentant l'université de Columbia à la fin des années 1950. Ce réseau fut très efficace à la veille des élections de Gorbatchev au poste de secrétaire général du PCUS.

Le 11 mars 1985, le politburo se réunit pour désigner le nouveau maître du Kremlin. Respectant les termes du marché conclu avec Gorbatchev, l'ami d'Andropov, le puissant ministre des Affaires étrangères Andreï Gromyko, coupa court à tout débat. Comprenant que la partie était jouée, les autres « boyards » le suivirent et Mikhaïl Gorbatchev fut élu[1].

Gorbatchev fut donc issu de deux filiations. Celle du KGB qui le choisit pour entreprendre ce que lui-même ne ferait pas (*glasnost, perestroïka*, etc.) et celle des réformateurs, guidés par Yakovlev, dont l'idée consistait à « prendre le Kremlin pour détruire le système totalitaire ». (Ce dernier me confiait souvent, à l'époque, qu'il fallait « sortir de ce régime criminel qui avait provoqué vingt-cinq millions de victimes ».)

Pour l'heure, l'ambition du chef du Kremlin était d'enrayer le déclin de l'URSS en amorçant une dynamique de relance, la *perestroïka* (« reconstruction »), visant à atteindre un triple objectif : réduire les dépenses militaires grâce à une politique de détente

1. En échange, Gromyko obtint le poste de président du Soviet suprême.

internationale ; accroître la production par une mobilisation des ressources matérielles et technologiques ; revivifier la société en parlant un langage de vérité.

La nouvelle équipe entreprit de consolider son emprise sur les principaux centres de décision du pays, en négligeant toutefois un aspect central – qu'avoua Yakovlev :

« Nous avons voulu garder notre influence sur le parti, oubliant le KGB, ce véritable État dans l'État, l'adversaire le plus dangereux des réformes. »

Pour cela, Gorbatchev commença par purger le Kremlin de ses ennemis déclarés, de la vieille garde. Il y fit entrer des amis sûrs, notamment le Géorgien Edouard Chevardnadze, qui prit le poste de ministre des Affaires étrangères. Yakovlev fut nommé au comité central avant de devenir membre du bureau politique du PCUS pour s'occuper de l'idéologie et de la politique extérieure. En même temps, Gorbatchev ménageait le KGB, soutien efficace dans la lutte pour le pouvoir suprême.

Il y avait en effet deux projets de réformes tout à fait inconciliables : celui du KGB, visant à sauver le système totalitaire, et le projet des réformateurs radicaux, prévoyant la sortie du communisme. Les hommes de la police politique et du complexe militaro-industriel ne souhaitaient pas ce genre de relâchement. Ils voulaient une reprise en main nationaliste de l'appareil de production. C'était un groupe que l'on pourrait qualifier de « modernisateur autoritaire », dans l'esprit de Vladimir Poutine, l'homme fort de la Russie d'aujourd'hui.

Les débats au sommet du Kremlin s'assombrirent et prirent un tour de plus en plus virulent, pour aboutir à des réponses opposées aux questions essentielles. Gorbatchev pensait toujours instaurer un nouveau système s'inspirant des préceptes des réformateurs tchèques du Printemps de Prague de 1968, tandis que les réformateurs radicaux, dont Yakovlev, étaient persuadés que le totalitarisme soviétique était irréformable, qu'il fallait le renverser. Gorbatchev continuait à jouer sur tous les tableaux, essayant de contrôler, sinon de manipuler les tenants des deux tendances contradictoires dans son entourage.

Mais les événements allaient prendre une autre tournure. Et les services secrets, jouer encore une fois, à ce moment crucial, un rôle prépondérant. En 1987, Gorbatchev nomma Vladimir Krioutchkov chef du KGB. Cet ancien patron des renseignements extérieurs soviétiques devait aussi toute sa carrière à Iouri Andropov. C'était un apparatchik plutôt terne, mais travailleur, ayant su séduire les réformateurs par ses prises de position inattendues en faveur de la social-démocratie.

Ce personnage ambigu avait été marqué par les événements de 1956 à Budapest, quand, sous l'instigation d'Andropov alors ambassadeur en Hongrie, l'Union soviétique utilisa la manière forte pour écraser les velléités d'indépendance de ce pays. Plus tard, en 1968, il effectua des allers et retours à Prague lors de l'intervention soviétique et supervisa l'action des commandos du KGB à Kaboul en 1979. Il était également présent lorsque le général Jaruzelski proclama l'état d'urgence en Pologne en 1981. Bref, une longue expérience d'intrigues et de situations d'exception…

La chute du Mur

1987 fut une année charnière. Certes, Gorbatchev hésitait toujours à donner le feu vert aux réformes permettant la privatisation des entreprises et autres mesures réelles ouvrant la voie vers l'économie de marché. Il concentrait toute son énergie sur le renforcement de son pouvoir. Néanmoins, son accession au Kremlin avait déterminé un événement aux conséquences majeures : la peur des services secrets s'était dissipée.

Les dissidents se virent alors reconnus. On libéra des camps et des hôpitaux psychiatriques les prisonniers politiques. Alexandre Soljenitsyne fut réhabilité et publié ; les émigrés, autorisés à rentrer en URSS.

Si son flou légendaire garantit à Gorbatchev de mettre ses adversaires devant le fait accompli, les incohérences de sa démarche lui furent fatales. Mais il assura l'ouverture sans effusion de sang. Un miracle dans ce pays doté de dix mille têtes nucléaires, où la violence est une tradition…

À l'époque, la réunification de l'Allemagne représentait le principal sujet de confrontation entre le KGB et les réformateurs. Pourtant, deux ans auparavant, Yakovlev avait déclaré, devant plusieurs témoins dont moi-même, que la réunification allemande était inévitable.

D'ailleurs, le président du KGB, Krioutchkov, confirma dans ses mémoires que les services secrets soviétiques avaient eu vent de cette position : avant la chute du mur de Berlin, Yakovlev s'était rendu en RDA afin de voir auprès de ses interlocuteurs, en toute confidentialité, « si la réunification n'était pas la solution à la stabilité en Europe ».

En attendant, le KGB ne cessait d'alerter Gorbatchev des suites de l'évolution de la situation en RDA, défavorables aux intérêts de l'URSS.

L'histoire aurait pu s'achever bien autrement, dans la guerre civile et des flots de sang. Pourtant, le Mur est tombé.

À l'époque, les discussions furent rudes au Kremlin. Car il existait un plan précis, mis au point par le KGB, pour stopper la dégradation de la situation en Allemagne de l'Est[1]. Les ultimes réunions mirent en présence les représentants de la tendance dure (le chef du KGB Krioutchkov et le ministre de la Défense Yazov) et les partisans de la tendance réformatrice (l'idéologue de la *perestroïka* Yakovlev et le ministre des Affaires étrangères Chevardnadze), face à un Gorbatchev arbitre des débats. Et une divergence se profila – inéluctable – entre les réformistes humanistes d'une part, les conservateurs du parti et le KGB de l'autre.

1. Comme en témoignèrent Yakovlev et Chevardnadze, tous deux acteurs des événements.

Ce fut donc précisément au cœur du pouvoir moscovite que s'enracina le « miracle » du démantèlement du Mur le 9 novembre 1989. Yakovlev émit un argument décisif à l'adresse du chef du Kremlin :

« Si nous utilisons la force, nous devenons les otages du KGB et de l'armée. Ce sera alors la fin des réformes en URSS et, au final, nous serons chassés du pouvoir. »

Gorbatchev trancha. En cela, il restera certainement l'un des symboles de cette époque.

Outre le soutien de sa femme Raïssa, qui fut sa conseillère et son égérie politique, le facteur économique influença sa décision. Le Kremlin réalisa qu'il n'avait pas les moyens de poursuivre la course aux armements ni la « guerre des étoiles ». Le coût de l'Allemagne et des pays de l'Est avait été chiffré à 40 milliards de roubles. S'en débarrasser permettrait de redresser l'économie, de se rapprocher de l'Europe et de recevoir, en échange, une aide technologique considérable.

Plus tard, le chancelier allemand Helmut Kohl raconta qu'à la sortie d'un dîner bien arrosé, en juin 1989, à Bonn, il avait déclaré à Gorbatchev, les yeux dans les yeux :

« Je sais que la réunification de l'Allemagne est très difficile, mais c'est comme notre fleuve, le Rhin, il ne s'arrête jamais. »

Après un court instant d'hésitation, il avait ajouté : « On est prêt à payer. »

Finalement, il proposa 10 milliards de Marks. Le Kremlin en prit 15. Aujourd'hui, Kohl se vante en assurant que, s'il avait dû en payer 50, il l'aurait fait. (Même si, d'après la majorité des germanistes, le montant total de la réunification versé à la Russie par l'Allemagne de l'Ouest s'élève à 60 milliards de Marks.)

Cependant, ce jeu risqué était d'abord déterminé par un choix politique lié aux subtilités de l'espionnage…

À l'époque, le KGB poussa en première ligne un maître espion est-allemand, Markus Wolf (nom de code « Mischa »). Ce dernier était né en 1923 et sa famille, d'origine juive espagnole, était installée en Allemagne depuis plus de quatre siècles. Son père, Friedrich, médecin et auteur amateur de pièces de théâtre, professait des idées d'extrême gauche et, en vrai bon vivant, avait eu beaucoup de maîtresses et d'enfants illégitimes.

À l'arrivée de Hitler au pouvoir en 1933, la famille Wolf se réfugia en Suisse, puis en Union soviétique. Friedrich, en communiste convaincu, devint vite une figure marquante de l'immigration allemande moscovite. Le jeune Markus profita alors d'une éducation privilégiée et suivit une scolarité soviétique complète. En 1942, il adhéra au parti communiste allemand en exil. Formé au métier d'ingénieur aéronautique, il rejoignit l'académie des cadres du Komintern – où il fut soumis à un entraînement militaire rigoureux, assimila de manière intensive le léninisme et reçut une initiation soutenue aux techniques d'agitation, de noyautage et de conspiration.

En 1944, Markus devint speaker de langue allemande à Radio Moscou, délégué à la propagande à l'adresse des Allemands ; puis rédacteur en chef de Radio Berlin en 1945. Andropov releva déjà à cette période son intelligence et ses convictions communistes.

Après la création de la République démocratique allemande en 1949, ses qualités lui valurent d'être nommé premier conseiller de l'ambassade du nouvel État à Moscou. De retour à Berlin-Est, en 1954, il se vit affecté au poste de responsable du département IX du ministère de la Sécurité, la Stasi, en charge du renseignement en Allemagne de l'Ouest. Deux ans plus tard, à trente-trois ans, il fut placé à la tête des services secrets de l'Allemagne de l'Est. Il y restera plus de trente ans, assurant la gestion de quelque cinq mille agents.

À l'époque, Wolf aimait à plaisanter sur le milieu de l'espionnage :

« Pourquoi est-il interdit d'arroser les plantes en URSS et en RDA ? » demandait-il, narquois, avant de livrer aussitôt la réponse : « Très simple ! c'est parce que l'eau fait rouiller les micros… »

Il employait systématiquement deux procédés d'infiltration : la pénétration par substitution d'identité – qui consistait à usurper l'état civil d'Allemands de l'Ouest partis à l'étranger au profit d'agents est-allemands dont le profil était similaire – et la séduction de secrétaires de direction administrative par des agents beaux garçons, les « Roméo », qui jouaient les réfugiés de l'Est et fréquentaient les lieux de loisirs.

Parmi les opérations abouties de Markus Wolf, la plus éclatante fut l'affaire Guillaume, en 1974, qui ruina la carrière politique du chancelier Willy Brandt.

(Il y eut bien d'autres infiltrations à l'OTAN, et même un espion au sein de la NSA américaine, James Hall[1].)

Le KGB misa donc sur le maître espion Wolf, et son patron, Krioutchkov, voulut accélérer les « changements », car il jugeait Honecker (l'homme fort de la RDA de l'époque) capable des pires exactions. Toutefois, comment entraîner l'Allemagne occidentale dans une alliance économique et technologique avec la Russie soviétique sans pour autant déstabiliser la RDA ? Telle était la question qui tracassait les maîtres espions du KGB.

La réponse à cette interrogation faillit être trouvée à Dresde, le 18 juin 1987, dans le salon de la luxueuse villa de l'un des plus hauts dignitaires du régime est-allemand, le député de la Chambre du peuple, Manfred von Ardenne. Le chef du KGB y était venu spécialement de Moscou pour rencontrer Markus Wolf. C'est là que furent posés les jalons d'une ultime tentative de sauvetage du régime.

À l'issue de cette soirée, les Russes eurent l'intime conviction que Wolf pouvait devenir l'homme de la situation. Ce dernier se rendit donc fréquemment à Moscou, très confortablement logé dans une maison d'hôte des monts Lénine mise à sa disposition par le Kremlin. En étroite liaison avec ses amis du KGB et les cerveaux du comité central, il lui incomba d'analyser la scène est-allemande.

1. Voir *Histoire secrète de la chute du mur de Berlin*, Michel Meyer, Odile Jacob, Paris, 2009.

Au début de l'été 1987, une opération de déstabilisation fut lancée, visant à changer la donne à Berlin-Est. Son objectif consistait à mettre en route, d'ici à l'été 1989, une équipe d'ouverture dirigée par un opportuniste prosoviétique déjà présent au sein de l'actuel politburo est-allemand. Sa mission première serait de pousser Honecker vers la porte de sortie. Ensuite, il serait toujours temps de lui adjoindre un Premier ministre compétent[1].

On attribua à ce processus réformateur le nom de code « Rayon[2] ». En avril 1989, l'opération suivit son cours. Les acteurs de cet acte écrit par le KGB étaient déjà désignés. Mais n'étant pas membres du politburo, Modrow et Wolf ne pouvaient prétendre conduire le putsch contre Erich Honecker. Un personnage intermédiaire s'imposait. Pour le comité central et les analystes du KGB, seul Egon Krenz, l'unique quinquagénaire du politburo, se trouvait en situation de mener la charge contre le « vieux stalinien ».

Au début de l'année 1989, Alexandre Yakovlev, inspirateur de cette « nouvelle pensée », hésitait encore sur la méthode. En février, cette « éminence grise » du Kremlin rejoignit également Berlin-Est. Il y avait soigneusement planifié ses visites.

---

1. En l'occurrence Hans Modrow, le chef du parti de Dresde, qui prit également part à la fameuse rencontre du 18 juin 1987. Il n'était pas par hasard le favori de Moscou. Il était en effet lié de longue date aux chefs des Jeunesses communistes que furent Chelepine et Semitchastny avant de devenir présidents du KGB.

2. La gestion opérationnelle de ce plan fut l'objet de précautions toutes particulières. Seuls les agents concernés au sein du département IV des affaires allemandes – le général Anatoly Novikov à leur tête – furent avertis.

Comment allait-on pouvoir gérer le grand écart entre une libéralisation interne et le maintien d'un minimum de cohérence idéologique ? Une véritable quadrature du cercle ! Pourtant, Yakovlev m'avait déjà confié, à l'époque :

« Dans cette perspective, la réunification des deux Allemagnes est inéluctable, et tant mieux ! »

Désormais, les principaux dignitaires du Kremlin allaient avoir de plus en plus de mal à taire leurs divergences. Dmitri Yazov, le ministre de la Défense, et Vladimir Krioutchkov, le chef du KGB, ne pouvaient se résigner à inscrire l'Allemagne de l'Est au chapitre des pertes politiques. Ils persistaient donc à maintenir la RDA dans le giron de Moscou. À l'inverse, Alexandre Yakovlev et le ministre des Affaires étrangères, Edouard Chevardnadze, n'excluaient pas l'hypothèse d'une confédération allemande fondée sur une coopération avec la Russie.

Le 7 octobre 1989, à l'occasion du 40e anniversaire de la RDA, et alors même que le pays était en train de se déliter, Gorbatchev déclara haut et clair au cours des festivités :

« La vie sanctionne ceux qui arrivent en retard. »

C'était une allusion critique et publique à l'immobilisme d'Erich Honecker. Une scène surréaliste… Mais en privé, Gorbatchev était allé encore plus loin. En sortant d'un long entretien avec le secrétaire général du comité central est-allemand, il s'était exclamé :

« J'en ai marre de ce vieux stalinien ! »

Quelques jours plus tard, le « vieux stalinien » fut effectivement éliminé. Mais trop tard. Egon Krenz, son successeur désigné, essuya de violentes contestations dans la rue, durant les premiers jours de novembre 1989.

Dans l'intervalle, Erich Mielke, le chef de la police politique est-allemande, rencontra le résident du KGB à Berlin. Il espérait toujours obtenir des instructions de Moscou pour savoir comment réagir face aux manifestations de plus en plus nombreuses des Allemands de l'Est. La réponse qu'il reçut était claire :

« Si vous utilisez la force, ne comptez pas sur nous. »

Gorbatchev s'en tint en fait à sa promesse de ne pas intervenir. La chute du Mur serait donc le choix des réformateurs de rompre avec la spirale de la répression. Cette approche allait déterminer l'attitude du Kremlin lorsque, dans la nuit du 8 au 9 novembre, les Allemands de l'Est commencèrent à franchir le Mur.

Le KGB n'eut pas le temps d'user de ses stratagèmes. Les événements avaient pris de vitesse les services secrets… Ces derniers n'osèrent pas encore se prononcer contre la résolution du chef du Kremlin, mais ils allaient lui en tenir rigueur : d'une certaine façon, c'est ce jour-là qu'il a été décidé du putsch contre Gorbatchev. Le KGB ne lui pardonna pas d'avoir abandonné l'Allemagne, faisant ainsi tomber le premier d'une longue série de dominos.

Le gouvernement de la RDA évoquait désormais un bateau ivre… L'intention des autorités était de gagner du temps, de poursuivre les négociations, d'autoriser quelques franchissements du Mur et, au besoin, de concéder une ouverture de la frontière avec l'Allemagne de l'Ouest. En somme, un relâchement partiel.

Mais Günter Schabowski, le porte-parole du gouvernement est-allemand, ruina ces dispositions. Chargé de répondre aux questions de la presse sur les autorisations de passage à l'Ouest, il ne sut pas quoi dire, parce qu'aucune décision n'avait encore été prise, les pourparlers n'étant pas achevés. Il chercha dans les documents dont il disposait la date d'entrée en vigueur de cette mesure et ne put la trouver. Quand les journalistes insistèrent pour en connaître l'échéance, il répondit en toute simplicité : « À partir de maintenant ! » Cette phrase historique quoique fortuite provoqua une onde de choc, et le « mur de la honte » tomba.

Affolé, l'ambassadeur soviétique téléphona à plusieurs reprises à Moscou qui lui donna la même consigne laconique : ne pas bouger. Le diplomate demanda donc une confirmation écrite des positions du Kremlin. Le télégramme du ministère des Affaires étrangères stipulait :

« Ce n'est pas de notre ressort. Il s'agit des relations inter-allemandes. »

Le jour suivant, il fut chargé de féliciter le nouveau leader de la RDA pour sa « décision courageuse » !

Après la chute du mur de Berlin, en 1990, le maître espion Wolf, l'« homme providentiel du KGB », s'enfuit à Moscou. Devenu gênant à la suite de l'effondrement de l'URSS, il fut expulsé vers l'Allemagne. On le poursuivit pour « trahison, espionnage et corruption », mais, curieusement, pas pour meurtre ni atteinte aux droits de l'homme. Condamné à six ans de prison pour haute trahison, sa peine fut suspendue en appel…

La vengeance du KGB

L'autre protagoniste de ces événements, Yakovlev, mesura-t-il qu'il était devenu un homme à abattre pour le KGB ? En effet, la chute du mur de Berlin avait été, pour les services de renseignements, l'événement de trop. Aussi décida-t-on de passer à l'offensive. Durant les années 1989-1990, le chef du KGB, Krioutchkov, fit monter les enchères. Lors de ses conversations privées avec Gorbatchev, il visait de plus en plus souvent nommément Yakovlev. Son prédécesseur, Tchebrikov, l'avait pourtant mis en garde :

« Yakovlev et Gorbatchev, c'est la même chose. »

Faisant fi de toutes les recommandations, Krioutchkov laissa ainsi entendre que l'« éminence grise » du Kremlin, Yakovlev, avait eu, à la fin des années 1950 à Columbia, des contacts « non contrôlés » avec les Américains, selon des sources sûres – évidemment anonymes… Autrement dit, il aurait été un vulgaire espion et, comme le proclame aujourd'hui la presse communiste russe, aurait inventé la *perestroïka* mandaté par la CIA. Krioutchkov décida donc de porter un coup fatal au chef de file des réformateurs.

En cette soirée fatidique, dans le bureau de Gorbatchev, le président du KGB pensait bien jouer. Son regard exprimait une austère amertume. L'heure était tardive, une lumière lointaine se reflétait sur les fenêtres. En exposant son dossier, le chef de la police politique suggéra tout de go de mettre sur écoute le numéro deux du pays. Il ajouta également qu'il pourrait faire surveiller toutes ses activités par ses agents.

D'après les mémoires de Krioutchkov, Gorbatchev, nerveux, marchait de long en large. Préférant louvoyer, il proposa :

« Écoute, Vladimir (comme d'habitude, il tutoyait ses collaborateurs qui, eux, le vouvoyaient), pourquoi ne vas-tu pas parler en tête à tête avec Alexandre ? »

Yakovlev, il est vrai, n'avait guère le profil d'un espion. C'était un intellectuel, un idéaliste, un penseur, pas un agent.

Pour cette fois, le chef du KGB n'obtint pas gain de cause et s'en retourna, dépité, se remémorant les avertissements de son prédécesseur... Désormais, sa rupture avec le maître du Kremlin était consommée.

Il organisa alors une nouvelle tentative d'intoxication, minutieusement préparée (qui fléchit d'ailleurs l'attitude de Gorbatchev). C'est ainsi qu'en 1990, à l'occasion de la fête du 1er Mai, le secrétaire général fut hué par la foule massée sur la place Rouge, au point qu'il dut quitter la tribune. Le lendemain, le bruit courut que les opposants s'apprêtaient à lancer six cents personnes à l'assaut du Kremlin.

Il s'agissait d'une fausse information montée par le KGB, destinée à déstabiliser Gorbatchev. Abreuvé de ce genre de rumeurs, le président se trouvait toujours davantage coupé de la réalité. Comme les grands tsars mythiques de la Russie éternelle, il était hanté par la peur[1]. Paradoxalement, il ne percevait pas alors le changement d'attitude du KGB.

En 1989, le parti communiste perdit son « rôle dirigeant » au sein de la société soviétique ; et l'URSS, en tant qu'État, ses dépendances est-européennes. En 1991, le régime s'effondra définitivement et l'URSS se désintégra.

Entre ces deux années décisives, 1990 semble n'avoir été qu'une parenthèse immobile, une longue transition, une sorte de terrain vague jonché d'institutions mortes, de projets irréalisables et de débats languides ; le moment où chacun complote : les conservateurs, en vue de reprendre le pouvoir, et les libéraux, en vue de défendre la liberté reconquise. Le calme avant la tempête…

Rien n'est plus éloigné de la réalité. C'est en 1990, au contraire, que naît vraiment le monde postsoviétique, que les privilégiés issus du système stalinien osent, pour la première fois, s'ériger en acteurs indépendants et négocier, en tant que tels, avec tous les autres pouvoirs, avoués ou occultes, communistes ou dissidents, nationaux (pansoviétiques ou impériaux) ou locaux (liés aux républiques, aux « nationalités », aux régions et aux villes).

Les hésitations apparentes de Gorbatchev se ramènent en fait à un souci de prendre en considération tout ce qui est en train de se mettre en place.

---

1. Ses appréhensions confinaient parfois au grotesque. Il pensait par exemple que la demeure présidentielle allait être prise d'assaut par les militants démocratiques ou encore qu'on allait enlever ses petites-filles.

Et inversement, l'échec des putschistes conservateurs en août 1991 consistera, pour l'essentiel, à n'avoir pas compris que la partie la plus vive, la plus puissante de la nomenklatura avait organisé sa survie au-delà du communisme, et ne se souciait donc plus de préserver le système dont elle était issue.

En attendant, Gorbatchev s'attachait à concilier, ou du moins à maîtriser, les antagonismes. Tout restait ambigu.

« Nous sommes plongés dans le chaos créateur », déclarait-il.

Mais en privé, il soulignait sa rupture définitive avec le KGB.

En cette année 1991, l'Histoire s'accéléra. Le 7 janvier, les parachutistes de l'Armée rouge entrèrent dans les États baltes pour empêcher l'éclatement de l'URSS.

En réaction, le 19 février, Boris Eltsine, le chef de l'opposition démocratique, appela à « déclarer la guerre à la direction soviétique ». Dans la foulée, la Géorgie proclama son indépendance.

Fin avril, Gorbatchev réunit dans sa datcha les dirigeants des républiques favorables à une « Union innovée ». Puis, au début de l'été 1991, après moult hésitations, il projeta enfin de limoger le chef du KGB dès la signature du traité de l'Union fixée au 20 août.

Immédiatement, la direction des services secrets en tira cette conclusion logique : l'introduction de l'état d'urgence, autrement dit un coup d'État, le seul recours pour stopper les « improvisations » de Gorbatchev en mettant tout le monde devant le fait accompli. Et ces mesures furent de nouveau marquées par une série de manipulations à double fond conjuguant, en un cocktail insolite, les intrigues politiques et l'espionnage.

L'opposition démocratique disposait en effet de « taupes » au sein du KGB. Yakovlev voyait souvent le général Kalouguine, son ami de Columbia[1]. Démis de ses fonctions en 1990 pour avoir critiqué sa maison mère, il s'était lancé dans la politique comme député du Soviet suprême sous l'étiquette démocratique.

Toutes leurs conversations furent enregistrées par bribes[2], mobilisant plusieurs dizaines d'agents en civil. Tantôt une femme avec une poussette marchait derrière eux, un vétéran de la guerre courbé sur une canne prenait le relais, puis un couple d'amoureux, un aveugle tiré par son chien, une autre femme avec un landau…

Au sein du KGB, le colonel Boris correspondait aussi avec Yakovlev, opérant ainsi comme une sorte d'« illégal des démocrates ». Cet Arménien parlant un français impeccable, l'un des meilleurs analystes des renseignements extérieurs, spécialiste des coups d'État en Afrique, était devenu un anticommuniste convaincu. Par lui, les réformateurs furent informés qu'un coup d'État se fomentait au cœur des services secrets. D'ailleurs, au début du mois de juin 1991, Yakovlev écrivit à Gorbatchev pour le prévenir de l'imminence d'un putsch.

Pour l'heure, notre colonel eut de nouveau la confirmation qu'« il se préparait quelque chose d'impor-

1. Ancien résident du KGB à New York œuvrant sous couverture journalistique, ex-chef du contre-espionnage soviétique (NDA).
2. Après la chute du régime, on en trouva les preuves au KGB.

tant ». Ces informations étaient si graves que, oubliant les précautions d'usage, il se rendit dans l'édifice rouge et ocre de la mairie de Moscou, où les réformateurs avaient trouvé refuge depuis la création de leur mouvement.

« Toutes les missions des agents à travers le pays comme à l'étranger sont suspendues. Chacun doit être à son poste. Cela doit arriver d'un jour à l'autre », prévint-il.

Il avait appris, d'autre part, que les goulags abandonnés après la mort de Staline avaient été remis en état et qu'on pouvait y ramener des prisonniers. Des arrestations massives étaient donc prévues.

Tous les députés démocrates, tous ceux qui étaient en contact avec l'opposition démocratique, avaient été l'objet de filatures et d'écoutes téléphoniques – journalistes, syndicalistes, militaires, et ministres également. D'ailleurs, ses propres conversations avaient été interceptées (ce qui valut, malgré le changement de régime, l'éviction de cet officier du premier directorat du KGB).

Le colonel Boris révéla de plus comment se déroulaient les réunions interminables des sommités du KGB, pendant lesquelles le chef des services secrets annonçait « de grands événements à venir ».

Par ses soins, les réformateurs furent donc informés qu'un coup de force se tramait. Le maire de Moscou eut une conversation à ce sujet avec Matlock, l'ambassadeur américain en URSS, et en avisa Boris Eltsine, leader de l'opposition démocratique. Yakovlev en parla plusieurs fois à Gorbatchev.

Ainsi, personne n'ignorait qu'un coup d'État se préparait : Eltsine, Gorbatchev, les Américains… Pourtant, des années plus tard, la question se pose toujours : pourquoi, à l'époque, ont-ils tous gardé le silence sur ce qu'ils savaient ? En réalité, chacun jouait son propre jeu dans cette situation embrouillée, espérant sortir vainqueur au détriment des autres…

Au début du mois d'août 1991, cependant, Gorbatchev croyait toujours en sa bonne étoile, et il partit en vacances en Crimée. Le lendemain de son départ, le chef du KGB et ses complices (dont les plus importants étaient les ministres de la Défense et de l'Intérieur) se constituèrent en comité pour l'état d'urgence. Durant deux semaines, ils préparèrent les mesures d'exception destinées à empêcher l'effondrement de l'URSS.

Le but de cette action était de permettre aux conservateurs de s'attribuer des pouvoirs exceptionnels et de rétablir la censure, sans ternir l'aura démocratique de Gorbatchev conférée par l'Occident. Parallèlement, le chef du KGB fit vider les cellules des deux étages de la prison principale de Moscou pour permettre d'y recevoir d'éminents prisonniers. Dans l'éventualité où l'affaire tournerait mal, un bunker fut installé pour le comité au siège des services secrets.

La machine du KGB était prête à tourner.

La villégiature de Gorbatchev

L'épouse de Gorbatchev allait jouer un rôle primordial dans les péripéties de ce roman de l'espionnage. Ses parents ayant été persécutés par la police politique, elle détestait la violence…

Gorbatchev et Raïssa formaient un couple uni et complémentaire : lui, plutôt méridional, artiste et adepte du flou ; elle, originaire du Nord, plus froide, plus cartésienne. Raïssa s'est imposée comme inspiratrice et stabilisatrice au côté de son mari, qui semblait puiser en elle son énergie. Il lui confiait tout. Les réformateurs, notamment Yakovlev, faisaient souvent bloc avec elle. Orgueilleuse, elle voulait que son époux entre dans l'histoire grâce à l'ouverture, la *perestroïka*, l'œuvre de leur vie.

En cet été fatidique de 1991, les Gorbatchev auraient pu tout simplement suivre la tradition en s'installant dans l'une des datchas de leurs illustres prédécesseurs. Depuis des générations, les dirigeants suprêmes de la Russie avaient choisi la Crimée pour se refaire une santé avant de retrouver leurs obligations du Kremlin.

Mais Raïssa préféra faire édifier un nouveau palais à Foros. L'endroit ne payait pourtant pas de mine : un vent terrible soufflait sur des rochers nus et aucune végétation ne venait égayer les lieux. Seule la mer semblait présenter un intérêt.

Que faire, sinon dompter cette nature hostile ? Afin de se protéger de la houle, on creusa les rochers à la dynamite, des tonnes de terre furent déversées aux abords de la maison et des essences rares y furent plantées. Un tunnel fut percé, agrémenté d'escaliers mécaniques pour relier directement la datcha à la mer.

Au second étage du puissant édifice se trouvaient un bureau, des chambres et une salle à manger pouvant accueillir une douzaine de personnes. Une terrasse sur laquelle Gorbatchev et sa femme prenaient souvent le thé donnait sur la mer. Les murs étaient recouverts de boiseries. Une frise représentant les villes de Crimée ornait le haut plafond. Au rez-de-chaussée avait été aménagé un jardin d'hiver. Depuis le perron de pierre, l'allée de droite menait à la salle de projection, celle de gauche conduisait à la plage.

Le 14 août, handicapé par un lumbago, Gorbatchev demanda qu'on fît venir un médecin spécialiste de Moscou[1]. Le 15 août, un secrétaire du président téléphona au praticien, le priant de partir immédiatement pour Foros.

Scrupuleux, le médecin insista auprès du KGB pour recevoir un ordre écrit. C'était la règle. Et l'on ne plaisantait pas avec la discipline, surtout lorsqu'il

1. Le docteur Anatoli Liev, renommé pour ses dons de guérisseur. Presque dix jours après son départ de la capitale, le président avait en effet été frappé par une crise radiculaire lors d'une promenade dans les collines. Il avait dû être soutenu par son entourage sur le chemin du retour.

s'agissait de la santé du président. Mais l'ordre ne venait toujours pas. À Foros, on s'impatientait : « Le président a besoin de vous ! » On ne s'expliquait pas pourquoi le KGB tardait à donner son autorisation. Enfin, un coup de fil très bref donna le feu vert au médecin : « Vous pouvez y aller. »

Sans confirmation écrite, le « guérisseur » s'envola donc pour la Crimée, et parvint à diminuer les douleurs du président.

Le spécialiste moscovite était toutefois intrigué par les mesures de sécurité particulièrement imposantes aux alentours de la datcha. Des herses étaient disposées en travers de la route, ainsi que des véhicules blindés.

« J'ai pensé que c'était à cause de la tension en Crimée », expliqua-t-il plus tard à l'un de ses patients qui rapporta son témoignage.

Il remarqua aussi la présence inhabituelle de nombreux agents de sécurité et aperçut au large, avec les garde-côtes ordinaires, trois bâtiments de la marine de guerre. Il se sentait d'ailleurs lui-même étroitement surveillé.

Un second rendez-vous fut pris pour le lendemain, 18 août. De concert avec le médecin personnel du président, le « rebouteux » fit commander à Moscou certains médicaments introuvables à Foros. Ce dimanche 18, Gorbatchev s'allongea sur la table de massage et intima à son « sauveur » :

« Tu peux faire tout ce que tu veux, m'enlever un nerf, une vertèbre, une jambe. Mais demain, je dois être à Moscou ! »

Soulagé par une série d'injections et de manipulations, Mikhaïl finit par s'endormir. Auparavant, il n'avait fait que songer aux batailles qui l'attendaient au Kremlin. Il pensait aux journées cruciales qu'il avait préparées depuis longtemps et qui devaient commencer le 20 août; celles qui suivraient la signature du traité de l'Union.

Juste avant de quitter la capitale, le 5 août, Gorbatchev l'avait confirmé au pays : les dirigeants des républiques allaient signer avec lui un accord de principe permettant à cette nouvelle Union de prendre la place des anciennes structures dépassées, issues de la révolution bolchevique de 1917. Certes, beaucoup d'incertitudes demeuraient, mais Gorbatchev était parvenu à un compromis avec Boris Eltsine, son rival élu en juin 1991 président de la fédération de Russie.

Après cette terrible année, le 20 août s'annonçait comme une date clé dans l'agenda du président. Devenu l'otage des conservateurs communistes, il espérait sans doute se libérer des contraintes qui pesaient sur lui en acceptant pour la première fois de donner davantage de marge de manœuvre aux républiques. Le traité n'autorisait pas encore la confédération souhaitée par les réformateurs, mais le chef du Kremlin était d'accord pour réduire ses prérogatives au profit de la périphérie.

En ce dimanche 18 août, Gorbatchev avait encore le sentiment d'être le maître du jeu. Sinon pourquoi serait-il parti en vacances ? Il n'excluait pourtant pas les contrecoups. Avec un conseiller assisté de deux secrétaires, il rédigeait depuis dix jours un article de trente-deux pages dans lequel il envisageait cinq scénarios. L'un d'eux, « la variante de l'état d'urgence », évoquait d'ailleurs clairement l'hypothèse d'un coup d'État – Gorbatchev y employait le mot « junte ». Il ne s'agissait cependant pour lui que d'un postulat : « Ce serait une impasse, une régression sociale, la mort du pays », écrivait-il.

Le couple emblématique de la *perestroïka* était convaincu d'être assez fort pour déjouer les complots et continuer à franchir les obstacles qui se dressaient contre lui depuis six ans. Voilà pour la version officielle. Mais Gorbatchev ne songeait-il pas, lui aussi, à des mesures exceptionnelles ? Était-il seulement l'otage des conservateurs ou ressentait-il la nécessité de prendre des mesures radicales pour tenter de remettre le pays au travail et empêcher la désintégration de l'Empire ?

L'épouse du président ne croyait pas que des gens en qui son mari avait placé toute sa confiance fussent capables de se lancer dans une aventure telle que le putsch. Les événements allaient démontrer que le couple était loin de la réalité, comme naguère le tsar Nicolas II et son épouse Alexandra. À moins qu'ils n'aient pas voulu accepter ce qui se passait, songeant sans doute qu'ils finiraient toujours par récupérer la situation à leur profit... En tout état de cause, à ce moment précis, Raïssa affichait une apparente sérénité.

Il était 5 heures moins dix lorsque l'« ange gardien » de Gorbatchev, le général Medvedev, annonça à son patron qu'un petit groupe arrivé de Moscou exigeait d'être reçu séance tenante pour un motif urgent. De nombreux véhicules avec gyrophares et antennes radio, dont plusieurs Zil noires, avaient pénétré à l'intérieur du territoire de la datcha. En plus des chauffeurs, il y avait de nombreux gardes du corps. Les assistants de Gorbatchev furent encore plus étonnés lorsqu'ils aperçurent le chef de cabinet du président, Valeri Boldine, et plusieurs militaires, dont un général.

« Je n'attends personne, s'étonna le chef du Kremlin. De quoi s'agit-il ? »

Le responsable de la garde présidentielle ne comprenait pas non plus.

« Ils viennent de Moscou, expliqua-t-il, ils veulent vous parler.

— Mais pourquoi les avoir laissés entrer ?

— Parce qu'ils sont accompagnés du chef du neuvième département du KGB, c'est le règlement. »

Quelque chose n'était pas clair, le président l'avait compris. Il se souvint des mises en garde de l'un de ses conseillers avant son départ, qui craignait la disparition de l'Union et une action d'éclat d'Eltsine pour libérer la Russie du Centre. Il décrocha tour à tour les cinq téléphones de son cabinet de travail ; en vain. Aucun ne fonctionnait. Le maître de la plus grande puissance nucléaire se retrouvait coupé du monde. Le circuit intérieur était également débranché. Impossible de communiquer au sein même de la résidence.

« C'était la fin, confia plus tard Gorbatchev, j'étais totalement isolé. »

Ce qu'il ignorait encore, c'est que le fameux téléphone rouge placé sous une cloche et « que l'on n'avait même pas le droit d'épousseter », celui qui reliait le chef du Kremlin au chef des armées, ne fonctionnait plus non plus. Les Américains avaient en effet découvert que les tests systématiques effectués toutes les heures s'étaient brutalement interrompus.

Et voici que les putschistes se trouvaient déjà à la porte de la résidence présidentielle. En un rien de temps, leurs hommes, armés de mitraillettes, prirent possession des postes principaux – porte d'entrée, garage et héliport où deux camions empêchaient tout décollage et atterrissage.

Gorbatchev comprit que l'affaire était sérieuse. Il décida alors d'informer ses proches et alla trouver son épouse dans sa chambre. Raïssa fut prompte à saisir que la coupure des lignes signifiait au mieux l'isolation, au pire l'arrestation, et de toute façon un complot. Bien que bouleversée par cette nouvelle, elle conserva son sang-froid et répondit à son époux : « Quoi qu'il advienne, je suis à tes côtés. »

Les émissaires des putschistes avaient quitté Moscou au début de l'après-midi à bord d'un Tupolev Tu-134. Leur appareil s'était posé sur une base aérienne près de Sébastopol, après avoir survolé sans encombre les petites collines boisées de Crimée. Le chef de l'armée soviétique avait fait mettre un avion militaire à la disposition de la délégation sur une base militaire située à une trentaine de kilomètres du Kremlin.

La décision de prendre contact avec Gorbatchev avait été arrêtée le dimanche matin même. Cinq hommes étaient chargés de faire plier le président.

Celui que Mikhaïl attendait le moins pour accomplir cette perfide besogne était sans aucun doute son chef de cabinet. Homme de confiance de Gorbatchev depuis 1990 et ami intime de Raïssa, il était l'un des deux seuls autorisés à pénétrer dans son bureau du Kremlin, à tout moment et sans rendez-vous. Fiable comme une locomotive, discipliné, éprouvant une admiration sans bornes pour les paroles venant d'en haut, Boldine était l'apparatchik typique du parti, pas un monstre. Il était simplement un *Homo systemus*, incarnant ces gens du système, capables de tout, même de faire un putsch…

Le plus redoutable était probablement Iouri Plekhanov. Général du KGB, chef du tout-puissant neuvième directorat chargé avant tout de la protection rapprochée des dirigeants du pays, il avait la réputation d'être sans pitié. Depuis quelque temps, il était devenu une sorte d'homme à tout faire pour Raïssa. Les Gorbatchev ne se déplaçaient nulle part officiellement sans que la silhouette légèrement voûtée de ce personnage ne surgisse de l'ombre[1].

Gorbatchev s'apprêtait donc à s'entretenir avec ses « visiteurs ». Il ne fut pas nécessaire de les inviter à monter, puisqu'ils étaient déjà là, à quelques mètres du bureau du président. Raïssa se tenait tout près.

Le couple savait combien l'URSS se tenait au bord du gouffre, mais ils étaient tous deux intimement persuadés que les solutions proposées par les putschistes replongeraient le pays dans un bain de sang. Le président ne désirait en aucun cas ces « solutions » qui avaient jadis entraîné la mort de centaines de milliers, de millions d'êtres humains :

1. Le garde du corps d'Eltsine, le général Korjakov, expliqua la trahison de Plekhanov par sa haine à l'égard de Raïssa : « Elle faisait déplacer par ce vieillard les énormes lampadaires de bronze du Kremlin ! » Un grief personnel peut parfois influencer le cours de l'histoire…

« Ce serait une trahison et la garantie d'une nouvelle moisson de cadavres ! »

Tout au long de leur carrière, les Gorbatchev avaient voulu réformer le pays, sans à-coups, pacifiquement, et voilà que l'on exigeait que le président prît la tête d'un coup d'État. Car les représentants du comité avaient besoin de son aval pour légitimer leur triste besogne et amadouer l'Occident.

C'était quitte ou double ; pas tant pour Gorbatchev que pour l'idée même du gorbatchévisme. Et le président, au grand étonnement des putschistes, refusa ce pacte avec le démon totalitaire.

Les émissaires du comité se retrouvèrent donc face à l'intransigeance de Gorbatchev. C'est ainsi, du moins, que l'attitude du chef du Kremlin apparut à ce moment-là, sans que l'on puisse exclure des zones d'ombre sur la nature profonde de ses relations avec ces apparatchiks.

Raïssa attendait dans le hall quand la délégation quitta le bureau du président. Il était presque 6 heures du soir. Abasourdie, elle fixa froidement le chef de cabinet de son époux. Depuis quinze ans, ils étaient en étroite relation. Boldine était presque de la famille et les Gorbatchev lui faisaient confiance, même sur les sujets les plus intimes.

Un climat étrange régnait sur le territoire de la datcha présidentielle. Gorbatchev, son épouse et ses enfants étaient prisonniers. Mais ces détenus-là jouissaient de privilèges particuliers. Leurs gardes du corps restés fidèles – ce que les putschistes ne pouvaient ignorer – étaient autorisés à assurer leur protection. Jour et nuit, les trente-deux agents de sécurité armés de mitraillettes, de pistolets et de radios occupaient les points stratégiques de la datcha. Ces hommes de la garde eurent encore suffisamment de poids pour que le président pût se promener en toute quiétude où il le souhaitait.

Comment interpréter cette cohabitation surréaliste entre les forces des putschistes et celles du président ? Les chefs de la junte à Moscou n'avaient-ils pas donné des consignes permettant de ménager l'avenir et de laisser éventuellement à Gorbatchev une marge de manœuvre ?

Les années ont passé et l'on s'interroge encore. Gorbatchev avait-il la possibilité d'agir autrement ? Il aurait pu, par exemple, tenter de gagner son avion la mitraillette au poing, autrement dit résister, comme le fit le président chilien Allende, pour entrer dans la légende.

Mais pour Raïssa, cette alternative n'était pas recevable. Selon les témoignages, elle craignait par-dessus tout pour la vie de son époux, pour celle de ses enfants et pour la sienne. Elle redoutait même d'être empoisonnée. Persuadée que les putschistes étaient prêts à tout, elle refusait la nourriture préparée par les cuisiniers habituels de la datcha.

Raïssa ne dormait plus…

5.
Poutine ou l'éternel retour

La chute de l'Empire

À Moscou, les conspirateurs du KGB ne tardèrent pas à comprendre que les vieux mécanismes autocratiques étaient déjà trop usés pour permettre un retour en arrière. Finalement le coup d'État échoua en quatre jours, sans effusion de sang[1].

Pourtant, les putschistes disposèrent pour quelques jours de tous les pouvoirs et de toutes les forces armées. Mais ils n'avaient pas même coupé les liaisons téléphoniques entre Moscou et l'Occident, qui fonctionnaient d'ailleurs nettement mieux qu'à l'ordinaire ; pas plus que les forces spéciales du KGB du groupe Alpha ne reçurent l'ordre de donner l'assaut à la « Maison blanche » de Moscou, le siège du Soviet suprême de Russie, ni d'arrêter son président, Boris Eltsine (pourtant sa résidence, située près de la capitale, était connue de tous).

Ce dernier s'installa à la « Maison blanche », harangua la foule, nargua les quelques unités de chars que la junte avait réussi à déployer dans la capitale. Entre

1. Quelques affrontements confus eurent lieu çà et là : trois morts « dans l'accident de circulation d'un char ».

deux rasades de vodka, il téléphona au « pays réel », les directions régionales du KGB, à commencer par celle de Leningrad où officiait un certain Vladimir Poutine, refusant de soutenir le putsch.

Sur les sept mille réformateurs que le KGB prévoyait d'incarcérer, pas un ne fut arrêté. Le 20 août, deuxième jour du coup d'État – comble du miracle –, les « envoyés spéciaux américains » purent arriver sans encombre au siège du parlement russe avec un matériel de communication performant, sans que les militaires d'élite encerclant ce quartier général des antiputschistes n'aient trouvé le moyen d'intervenir.

Gorbatchev rentra à Moscou, hagard : Raïssa avait subi une attaque au cours du dernier jour de leur séquestration à Foros. Dans les rues, les couleurs des tsars avaient définitivement remplacé le drapeau rouge.

Ainsi, l'issue de cette « action spéciale » alla à l'encontre de l'objectif des conjurés : elle accéléra l'éclatement de l'Union soviétique et se solda par une humiliation sans précédent du KGB.

Toutes les républiques de l'Union soviétique proclamèrent alors leur indépendance. L'Empire de Staline s'effondra comme un château de cartes. La dictature que les bolcheviks avaient instaurée le 7 novembre 1917 avait duré soixante-treize ans et demi…

À vrai dire, sur le plan technique, l'échec de ce coup de force s'explique simplement. Le ministre de la Défense, Yazov, vétéran de la guerre, avait averti les conjurés : « Si vous voulez tirer sur la foule, je ne vous suivrai pas. » Ses chars entrèrent donc dans Moscou sans munitions, privant *de facto* les putschistes du soutien de l'armée.

Ce revers doit être également mis au crédit de la détermination d'un Boris Eltsine fort d'une légitimité conquise au suffrage universel, lors de son élection au poste de président de la Russie, en juin 1991. En montant sur un tank et en appelant à la résistance, il avait laissé de lui une image symbolique (retransmise par CNN à l'aide des « envoyés spéciaux américains »).

Mais ce 19 août 1991 demeura une date fatidique : les structures centrales du système totalitaire avaient pu imploser en quelques heures.

L'agonie de l'Empire se prolongea quatre mois. Début décembre, les dirigeants russes, ukrainiens et biélorusses proclamèrent que « l'URSS avait cessé d'exister ».

L'espion prend le Kremlin

Le 25 décembre 1991, Eltsine devint le seul maître du Kremlin en tant que président de la fédération de Russie. Il avait promis de débarrasser son pays du KGB et de l'idéologie communiste, mais sa démarche fut une fois encore contradictoire. D'une part, il présenta la nouvelle Russie en héritière de l'URSS ; d'autre part, il fit du tsarisme sa référence majeure.

À vrai dire, Eltsine avait décidé de privilégier la « réconciliation nationale », plutôt que la reconnaissance des crimes du système totalitaire. Cette approche favorisa le concept néostalinien de la continuité de l'histoire russe : Empire des tsars/Empire soviétique/État russe, qui prit de l'essor sous la présidence de Poutine à partir de 2000. Quant aux services secrets, ils se revendiquèrent comme les dignes héritiers du KGB, leur grand prédécesseur, et écrivirent de nouveaux chapitres du roman de l'espionnage…

Un pacte secret, donc, fut conclu. Du jour au lendemain, des apparatchiks, anciens ministres et hauts responsables des services secrets, se muèrent en banquiers ou en *businessmen*, devenant propriétaires de secteurs entiers de l'économie. Un nouveau centre du pouvoir était né, disposant de moyens financiers exceptionnels. Les fonctions se pesaient en argent, tout s'achetait et se vendait. Bien entendu, plus ces *businessmen* étaient proches du pouvoir, mieux se portaient leurs affaires. Vingt milliards de dollars sortirent ainsi illégalement chaque année vers l'Occident entre 1991 et 2000, durant le règne d'Eltsine…

Dans ce contexte singulier, 1999 a vu l'émergence de Poutine. Au début de l'année, la conjoncture semblait désespérée pour les oligarques du Kremlin, affaiblis par les révélations sur le blanchiment de milliards de dollars par les proches du « tsar Boris ». Les élections législatives se profilant en décembre 1999, et la présidentielle trois mois plus tard, les clans du Kremlin savaient qu'ils étaient à deux doigts de perdre le pouvoir. Il leur fallait vite trouver un moyen de renverser la tendance[1].

Le futur gendre, et conseiller d'Eltsine, Youmachev, lui avait alors soufflé :

« Vous avez un adversaire nationaliste : prenez un successeur plus nationaliste. Vous avez un adversaire proche du KGB : prenez un officier du KGB. Vous avez un adversaire en bonne santé : prenez un jeune et en meilleure santé. »

Le portrait-robot de Poutine était dressé. Pourtant, cet homme aux multiples facettes offre au moins cinq visages… Le premier visage de Poutine est celui d'un James Bond formé et nourri par les services secrets,

1. Leur adversaire de l'époque était le Premier ministre Primakov, venu de la nébuleuse du KGB.

d'abord introduit dans le contre-espionnage au cours des années 1970, puis dans le monde extérieur : bref, un parfait produit du KGB. Son deuxième visage est celui d'un gestionnaire efficace, l'adjoint au maire démocrate de Saint-Pétersbourg ; et son troisième, à la fin des années 1990, celui d'un haut fonctionnaire, chef des services secrets, choisi pour défendre les intérêts d'Eltsine et de sa famille.

Le quatrième Poutine fut le Premier ministre de la guerre de Tchétchénie : un homme à la réputation sulfureuse, parvenu au pouvoir en août 1999 dans le climat crépusculaire d'une fin de règne et à la faveur d'un conflit terrible contre cette petite république séparatiste du Caucase ; fin manœuvrier jouant habilement des clans politiques pour s'imposer comme successeur inattendu du « tsar Boris ».

Enfin, le cinquième – celui qui nous intéresse aujourd'hui – est l'homme fort du Kremlin affrontant les défis majeurs du XXIe siècle. Élu président en mars 2000, réélu quatre ans plus tard, puis devenu Premier ministre, il préconisa comme seul antidote aux problèmes russes la renaissance des structures étatiques détruites par le chaos postcommuniste.

Aujourd'hui, Poutine a si bien établi son emprise sur le pays que son autorité pourra s'exercer encore longtemps. À vrai dire, Dmitri Medvedev, devenu président en 2008, lui est resté fidèle et ne dispose d'aucune autonomie.

Épilogue

« La lutte continue ! »

8 juillet 2010, aéroport de Vienne. Un Boeing parti de New York se pose et se dirige à l'extrémité de la piste, face à un appareil russe. À son bord, dix agents secrets russes établis depuis plus de dix ans aux États-Unis.

Quelques instants plus tôt, un Yak-42 en provenance de Moscou atterrissait, convoyant quatre Russes. Tous condamnés à de lourdes peines pour espionnage au profit de l'Occident, notamment deux anciens colonels des services secrets soviétiques retournés par la CIA.

Parmi ces derniers, Igor Soutyaguine, quarante-six ans, ancien analyste militaire inculpé pour avoir collaboré avec un mystérieux cabinet de conseil britannique baptisé Alternative Futures, à la fin des années 1990. Une série de missions consistant à fournir des revues de presse à caractère militaire. Un emploi assez bien rémunéré. Près de 1 000 euros le contrat. Une fortune au regard de son salaire mensuel de l'époque de 40 euros. Pourtant, ce scientifique taciturne n'avait accès à aucun document classé et ne communiquait aux Britanniques que des données déjà publiées. Mais cette affaire tomba mal, car, à l'époque – avec l'ascension de Poutine –, les services secrets étaient déjà revenus au pouvoir…

Depuis, l'homme, au crâne dégarni, purgeait une peine de quinze ans dans une prison près du cercle polaire, accusé d'espionnage. Incarcéré depuis onze ans, l'intellectuel fut néanmoins expulsé de Russie par avion. L'échange dura moins d'une heure.

Soutyaguine était assis près du hublot. Un officiel américain s'approcha : « Félicitations ! Vous êtes libre ! », lui dit-il. Plus loin, trois autres expulsés s'agitaient, déçus de ne pas trouver dans leur bagage la bouteille de whisky promise.

Mais ce passager n'avait pas le cœur à la fête, il ne voulait pas de cet échange. Au point qu'il avait bien failli tout faire capoter. Trois jours plus tôt, il avait été transféré à Moscou. On lui avait coupé les cheveux différemment. Pas à la manière des prisonniers. Un agent des services secrets russes lui avait également donné une cravate. Le détenu avait alors songé à un nouveau procès. Au lieu de cela, il se retrouva face à deux Russes du FSB (ex-KGB) et trois Américains de la CIA.

À ce moment, il ignorait que le « marché » avait déjà été conclu entre Washington et Moscou. Les officiels lui présentèrent un formulaire imprimé à signer. Il devait reconnaître sa culpabilité, condition indispensable à l'obtention d'une grâce présidentielle, et à son expulsion.

Mais cet homme récalcitrant se rebiffa et refusa de donner raison à ses accusateurs en quittant son pays. Une heure, puis deux s'écoulèrent. La tension montait.

« Alors, vous signez ? », ne cessaient d'interroger les deux Russes.

Les Américains, eux aussi, perdaient patience. Ils finirent par lâcher, sans ambages :

« Nous ne vous disons qu'une chose, nous avons deux listes… »

Le prisonnier comprit aussitôt. Il n'avait plus le choix. En s'obstinant, il risquait de compromettre le sort de plusieurs détenus et de s'exposer à la colère de Poutine. Avant qu'il ne s'envole pour l'Europe, ses gardiens l'autorisèrent à revoir son épouse et ses deux filles pendant quatre heures. Ainsi, cet homme aux yeux tristes dut son salut à une opération digne des grandes heures de la guerre froide.

Dans le groupe des espions russes échangés, une belle rousse de vingt-huit ans avait déjà gagné l'attention des médias après la publication de photos intimes. Mais Soutyaguine et ses compagnons n'eurent pas le loisir de la voir. « Marchez tout droit et ne détournez pas le regard », ordonna un général russe.

Les quatre expulsés prirent place dans un bus aux vitres teintées et rejoignirent le Boeing. En face, les dix embarquèrent à bord de l'avion russe. Les deux appareils décollèrent sans tarder.

Soutyaguine se retrouva ainsi en Occident. Sans travail. Hébergé dans une famille anglaise recommandée par un ami russe. À son arrivée, les autorités britanniques lui remirent 3 000 livres et des vêtements[1]. Cependant, à Londres, il continua à porter les baskets et la chemise bleue à carreaux de la prison. En manière de défi…

1. Voir *le Point* du 16 décembre 2010.

À Moscou, l'homme fort de la Russie, Vladimir Poutine, reçut personnellement les « illégaux » expulsés avec les fastes du Kremlin. Il passa la soirée en leur compagnie à chanter des airs patriotiques, et prédit à la belle Anna – la plus jeune des agents – un « brillant avenir »... De fait, à l'occasion des quatre-vingt-cinq ans du service des renseignements scientifiques et techniques, le président russe, Dmitri Medvedev, leur remettait les plus hautes distinctions nationales.

Par la suite, la flamboyante Anna Chapman fit des apparitions remarquées dans des shows télévisés, posa dévêtue dans un magazine à grand tirage, alla saluer les cosmonautes à Baïkonour, avant d'être recrutée comme conseillère du P-DG d'une banque de la capitale. Le mouvement de la jeunesse poutinienne en fait désormais son « égérie », la présentant comme une « héroïne de notre temps ».

Néanmoins, au Kremlin, le fait que les Américains aient pu confondre des « illégaux » fut vécu comme un affront. « Les traîtres finissent toujours mal », déclara Poutine d'un ton menaçant, chargeant ses services de « trouver celui qui avait fait saboter ce réseau ». Finalement, Moscou identifia assez vite un certain colonel Scherbakov, ex-chef de la section américaine des services russes. Ce dernier aurait « vendu » les « illégaux » à Washington et se trouvait déjà aux États-Unis. D'ailleurs, selon le journal moscovite *Kommersant*, « un tueur à gages, un Mercader[1] était déjà sur ses traces ».

---

1. Ramón Mercader était l'agent secret espagnol de Staline, qui assassina Trotski en 1940 au Mexique.

« La lutte continue ! », s'exclama Poutine haut et clair à la fin de la soirée passée avec « ses illégaux ». En leur compagnie, il se sentait à l'aise et pouvait montrer son vrai visage…

Quand on lui demanda s'il avait pris des décisions qu'il aimerait corriger, Poutine répondit tout de go : « Non », avant d'ajouter :

« Franchement, quand je regarde en arrière, il n'y a pas d'erreurs ! J'ai le choix entre deux possibilités : rester au bord à regarder l'eau qui coule et observer comment les choses se désagrègent, ou bien me mêler de la situation. Je préfère m'en mêler. »

Son ambition est de créer « un État équilibré à tous les niveaux » ; il estime que « des décennies » seront nécessaires pour atteindre cet objectif et n'entend pas lâcher la barre.

En devenant président, puis Premier ministre de la Russie, cet ancien officier du KGB a réalisé un rêve. Il a vécu une enfance soviétique ordinaire dans un appartement communautaire, puis a plafonné dans sa carrière d'espion au grade de lieutenant-colonel. Aujourd'hui, cet « agent 007 » plus vrai que nature embarque dans un Zodiac pour chasser la baleine dans l'océan Pacifique ou conduit, en polo et Ray-Ban, sa voiture sur les routes d'Extrême-Orient !

La Russie de Poutine représente le triomphe du concept d'Andropov, le chef mythique du KGB. L'idée de reconstituer l'Union soviétique est bien là, mais cela doit se faire en sourdine, par des accords économiques et politiques discrets. Selon sa méthode. Sans à-coups et étape par étape. À vrai dire, la reconstitution du noyau dur des pays slaves est une tendance historique dépassant largement le communisme. Même Soljenitsyne en était partisan.

On rappelle souvent la célèbre maxime de Poutine :

« Tous ceux qui ne regrettent pas l'Union soviétique n'ont pas de cœur. »

Mais on se souvient moins de ce qu'il a aussitôt ajouté :

« Tous ceux qui la regrettent n'ont pas d'intelligence. »

Poutine croit en effet en une histoire linéaire. L'Empire des tsars au XVIIe siècle, l'URSS hier et la Russie d'aujourd'hui sont une seule et même puissance : la Grande Russie. Et il veut la refonder en s'appuyant sur ses services secrets, dont les porte-drapeaux sont ces « illégaux » expulsés des États-Unis.

Quel symbole pour conclure notre *Roman de l'espionnage* : les méthodes des services secrets présideront, longtemps encore, au destin du Kremlin…

Annexe 1

L'Okhrana

Au cours de notre récit, nous avons souvent rencontré des personnages troubles : les espions émérites, il est vrai, ont toujours été soupçonnés de mener un jeu complexe et ambigu. Mais le plus grand des agents doubles du XXe siècle fut sans doute formé par l'Okhrana, la police du tsar.

En 1894, Nicolas II succédait à son père, le tsar Alexandre III, mort prématurément. Âgé de vingt-six ans, le nouvel empereur dut assumer un pouvoir contesté dans un pays en pleine mutation. Deux mondes s'affrontaient, celui de l'autocratie des palais étincelants de Saint-Pétersbourg et celui de la rue, dominé par des révolutionnaires qui voulaient en finir avec le système tsariste.

Le mouvement ouvrier se développait dans les villes, offrant un terrain propice à l'action des deux principaux partis d'opposition : les socialistes-révolutionnaires et les sociaux-démocrates.

Placée en première ligne, l'Okhrana, la police tsariste, chercha donc une réponse adéquate à cette agitation. Finalement, le gouvernement prit la décision audacieuse d'infiltrer ces organisations révolutionnaires en essayant de placer ses agents à leur tête.

Ce que la gendarmerie appelait la « gymnastique policière de provocation » était fondé sur un vaste réseau de collaborateurs secrets bien rémunérés : les « agents doubles ». Ainsi ce terme apparut-il dans le langage politique russe.

Les agissements de ces provocateurs recrutés dans les mouvements d'opposition étaient supervisés par des officiers traitants qui se montraient souvent indulgents face à « quelques dérives malheureuses » (notamment les actes terroristes, même si ceux-ci pouvaient occasionner des victimes).

En d'autres termes, le ministère de l'Intérieur n'hésitait pas à fermer les yeux sur leurs crimes, pourvu qu'ils continuent leur besogne de mouchards. L'Organisation de combat du Parti socialiste-révolutionnaire dirigée par un éminent agent de la police, par exemple, fomenta plus de quatre-vingts attentats entre 1893 et 1908.

Certes, il ne s'agissait pas d'enrôler le premier venu. Les instructions recommandaient aux services de ne négliger aucune opportunité d'embaucher des militants de confiance « connus et estimés de leurs camarades, mais d'un caractère faible, déçus par leur parti ou miséreux, ou encore désignés pour la déportation ». Ceux qui acceptaient de fournir des renseignements ne devaient renoncer ni à leurs convictions ni à leur façon de vivre.

Ceci reflétait une stratégie à long terme d'utilisation de la manipulation dans un but politique. Elle fut élaborée par les hauts dignitaires de la police, notamment par son chef emblématique Sergueï Zoubatov, qui se plaisait à répéter aux jeunes officiers de gendarmerie :

« Messieurs, vous devez considérer l'informateur politique comme une maîtresse que vous voyez en secret. Un faux pas, une imprudence, et vous la déshonorez. »

Ce géant aux yeux de braise et aux gestes désinvoltes s'était intéressé dans sa jeunesse aux théories révolutionnaires. Riche de cette expérience, il proposa de remédier aux problèmes posés par le mouvement révolutionnaire à la fois par des moyens policiers et par des actions politiques. Sa grande idée était de rallier les ouvriers à l'autocratie en infiltrant les syndicats et d'autres nouvelles structures cherchant à défendre les « intérêts économiques des travailleurs contre les capitalistes ». Autrement dit, la police entreprit audacieusement de court-circuiter de front le conservatisme de la noblesse et le radicalisme du mouvement révolutionnaire animé par l'esprit de lutte des classes.

Cet homme d'action par excellence exerçait une réelle influence sur la société russe. Une partie de la social-démocratie fut d'ailleurs conquise par la personnalité de ce policier original inspiré par des idées d'une transformation sociale idyllique.

Mais ses activités incessantes finirent par irriter l'entourage du tsar Nicolas II. Le grand-duc Serge, gouverneur de Moscou, demanda même son limogeage. Néanmoins, le monarque coupa court :

« Ce ne sera pas le grand-duc Serge qui fera la police à Moscou, mais les policiers expérimentés et capables. Ou bien alors, c'est que la Russie et son empereur ne voudront pas être protégés… »

Fort de l'approbation impériale, le chef de la police tenta d'élargir le champ de ses actions. Cherchant à détourner les masses de tout conflit d'ordre social avec le gouvernement, il engagea à prix d'or des informateurs.

Le génie du double jeu

Le plus éminent de ces agents fut recruté par la police tsariste au début du printemps de 1893. En cette saison, Saint-Pétersbourg dégage un charme particulier. Le soleil déjà chaud mêlé à la fraîcheur maritime encore hivernale avait revigoré les âmes et rendu les esprits légers. Quelques nuages immobiles et poudreux se découpaient au-dessus de la mer Baltique.

À l'entrée de l'avenue principale de la capitale de l'Empire, la perspective Nevski, les passantes paraissaient belles et élégantes. Mais juste à côté, les fonctionnaires du ministère de l'Intérieur ne semblaient pas touchés par la grâce de cette journée ; ils semblaient excités comme des chiens flairant leur première proie à l'ouverture de la chasse. En effet, une missive énigmatique venait de leur parvenir, laissant présager un gibier alléchant. Un mystérieux expéditeur assurant posséder toutes les entrées dans les réseaux révolutionnaires les plus clandestins du pays proposait de devenir « correspondant honorable » des services secrets du tsar.

La lettre provenait de Karlsruhe en Allemagne, ce centre universitaire qui accueillit tant d'étudiants originaires de la Russie. Or, la police savait que cette ville paisible était un vivier d'agitation antitsariste. La section d'identité du ministère fut alors immédiatement chargée de trouver le nom du personnage qui se cachait derrière ce pseudonyme. La lettre contenant des indications précises sur ses origines, la tâche ne fut pas si difficile.

Trois personnes correspondaient au portrait esquissé. En comparant leurs écritures, on découvrit vite le nom de l'homme qui allait devenir l'un des plus grands agents doubles du XXe siècle : Eugène Azev, dit « Evno Azev », né en 1869. Originaire de Rostov-sur-le-Don, il terminait ses études d'ingénieur en Allemagne.

La police secrète du tsar établit immédiatement une fiche le décrivant :

> — Signalement : taille petite ; corpulence un peu au-dessus de la moyenne, nez busqué, yeux grands, couleur marron ; menton rond et ras, chevelure châtain foncé.
>
> — Renseignement : fils d'un tailleur, a terminé ses études secondaires, fréquente les milieux extrémistes où il se fait remarquer par la violence de son langage. Aurait dû être arrêté en février 1892, lors de la liquidation du cercle révolutionnaire fondé par les étudiants de Rostov, mais réussit à passer à l'étranger. Se rendit à Genève où il fit la connaissance du docteur Jitlovski et de sa femme, fondateurs de l'« Union des socialistes-révolutionnaires russes à l'étranger », adhéra à leur groupement et vint s'inscrire à l'université de Karlsruhe, section électrotechnique. Continue à militer et à se tenir en contact avec les milieux terroristes.

Azev n'était pas un vulgaire mouchard et le ministère de l'Intérieur comprit tout de suite l'importance de cette offre, si bien que de hauts fonctionnaires partirent sur-le-champ pour l'Allemagne, afin de négocier un contrat avec la nouvelle recrue.

Les termes du marché conclu assurèrent à Azev le titre d'« informateur personnel du directeur de la police » et un confortable traitement mensuel avec une prime spéciale pour chaque information de valeur (ce traitement sera bientôt doublé, puis triplé). En échange, il s'engageait à collecter des renseignements sur les activités des socialistes-révolutionnaires, les imprimeries clandestines et les préparations d'attentats, à l'étranger comme en Russie.

Les policiers ne cherchèrent pas à comprendre les raisons psychologiques qui poussèrent cet homme à offrir ses services. Ils se contentèrent d'explications simples, comme la nécessité de subvenir à ses besoins et surtout la peur de ne pas pouvoir continuer ses études et de décevoir sa famille.

En réalité, ils ne soupçonnaient pas toute la complexité de ce personnage qui avait, disait-il, « le besoin de dépasser les bornes, le besoin de sentir son cœur défaillir au bord du précipice et de s'y pencher jusqu'à mi-corps, de se jeter d'un coup d'œil au fond ».

Certes, appartenant à un milieu modeste, Azev était prêt à tout pour prendre sa revanche sociale. Ses ambitions ne connaissaient pas de limites : il prétendait être capable d'« influencer le cours général de l'histoire européenne » en entrant dans les coulisses du pouvoir suprême. Mais combien de grands agents secrets du XXe siècle, de Sorge à Philby, seront animés par cet esprit quelque peu mégalomane ?…

En attendant, la nouvelle recrue de la police tsariste allait jouer un jeu complexe, pensant pouvoir berner ou manipuler le monde entier. Bientôt, avec l'aval du ministre de l'Intérieur, Azev allait prendre la tête du réseau terroriste le plus redoutable de tout l'Empire, l'Organisation de combat du Parti socialiste-révolutionnaire – le SR.

Ce mouvement peut être comparé, à quelques nuances près, à l'anarchisme européen. En utilisant les méthodes terroristes, le SR comptait sur l'éveil de la conscience paysanne. Néanmoins, profondément sensible aux problèmes russes, il nourrissait de la méfiance à l'égard de l'industrialisation qui engendra le capitalisme.

En devenant un des principaux dirigeants de ce mouvement, Azev, sans hésitation ni scrupule, entama une longue marche sur les sables mouvants de la manipulation politique. Pour faire monter dans la hiérarchie son organisation révolutionnaire, il n'hésita pas à entraîner ses camarades dans une spirale d'actions de plus en plus sanglantes. Impassible et froid, il sélectionnait lui-même les candidats aux opérations terroristes.

« Je choisis les meilleurs, disait-il, les mystiques ont leur force, mais ce ne sont pas des organisateurs. Je respecte ceux qui recherchent le martyre, mais ils ne durent pas longtemps. »

En quinze ans et demi d'activités clandestines impressionnantes – du printemps de 1893 à l'automne de 1908 –, cet agent double hors du commun put inscrire à son palmarès des attentats contre les plus grands dignitaires de l'Empire, gouverneurs, grands-ducs et ministres. Sous sa direction, l'Organisation de combat exécuta deux ministres de l'Intérieur particulièrement réactionnaires[1] et, au début de 1905, le grand-duc Serge, commandant la région militaire

1. Sipiaguine en 1902 et Plehve en 1904 (tombé sous l'effet d'une bombe lancée sur sa voiture par Igor Sazonov, formé personnellement par Azev).

de Moscou, cousin issu de germain et beau-frère de Nicolas II. En même temps, Azev prévint plusieurs complots préparés contre le tsar. (Le monarque lui semblait « plus sympathique ».)

En informant la police, Azev assénait aussi de solides coups de boutoir au plus puissant parti d'opposition, le socialisme révolutionnaire. (À la suite de ses dénonciations, plusieurs centaines de ses militants furent envoyées au bagne en Sibérie.) Et en continuant à commettre des attentats, cet agent double sapait les bases de l'autocratie russe, dont la brutalité le « dégoûtait », disait-il.

Ce jeu complexe et troublant eut des conséquences paradoxales. Les efforts de la police, tout comme les activités des partis révolutionnaires, aboutirent à un résultat identique : la disparition progressive des éléments les plus éclairés du pouvoir tsariste. Et Azev en était conscient…

Sa démarche obscure ne reflète-t-elle pas un phénomène remarqué à l'époque par Freud ? En effet, à l'occasion de l'analyse du plus célèbre de ses patients (Pankeev, un autre originaire du midi de la Russie, surnommé « l'homme aux loups »), le fondateur de la psychanalyse parvint à mettre en évidence l'ambiguïté passionnelle de son caractère. Il affirma qu'à l'instar des héros de Dostoïevski, les Russes sont facilement ambivalents. Cette opposition des sentiments, selon lui, subsiste plus profondément dans l'âme russe que dans celle de tout autre peuple. D'ailleurs, plus tard, Azev essaya de trouver une sorte d'autojustification dans les écrits de Freud…

La fin de la partie

En cette année 1906, la vie de notre agent double d'exception faillit basculer. Son nouvel officier traitant, un certain Gherassimov, colonel puis général chevronné de la police secrète, qui contrôlait étroitement ses activités, lui reprocha de n'avoir pas su prévenir de nombreux attentats. Manœuvrant habilement, Azev promit de démontrer toute son efficacité. Ainsi livra-t-il à la police, au printemps 1907, le plan d'une audacieuse opération de l'Organisation de combat se proposant d'assassiner pratiquement tous les hauts dignitaires du régime, le tsar Nicolas II en tête. À la suite de ces révélations, l'influence d'Azev prit une telle envergure que le Premier ministre Stolypine le consulta pour la formation de son cabinet[1].

Brillant administrateur, ancien gouverneur de Saratov, ministre de l'Intérieur puis Premier ministre, Stolypine était mal aimé de ses contemporains. La gauche le haïssait, le considérant comme l'homme de la terreur massive ; la droite le soupçonnait d'ouvrir la voie des réformes visant à saper les bases mêmes de l'Empire.

En devenant une sorte d'éminence grise du Premier ministre, Azev sembla réaliser son ambition d'entrer dans les coulisses du pouvoir suprême. Mais un nouvel attentat manqué contre Nicolas II allait bientôt rendre suspicieux ses camarades de l'Organisation de combat.

L'action devait avoir lieu à Saint-Pétersbourg, lors de l'inauguration par le tsar d'un croiseur russe, alors

1. Comme en témoigna, en 1917, la commission d'enquête du gouvernement provisoire.

en construction à Glasgow. C'est ainsi que, le 28 juillet 1907, Azev rencontra dans cette ville deux matelots censés participer à l'attentat projeté. Mais cette fois, le provocateur se heurta à deux écueils inattendus : l'un des marins, fervent croyant, affirma que Dieu arrêterait certainement sa main ; l'autre, mondain, déclara que les « fastes de son protocole » risquaient de le « déconcerter ».

En même temps, une information beaucoup plus sérieuse et inquiétante commençait à circuler dans les milieux terroristes : plusieurs militants de la région de Saratov certifièrent qu'on avait procédé à un certain nombre d'arrestations sur la dénonciation d'un collaborateur secret de la police nommé Philippovski. Or, son signalement correspondait exactement à celui d'Azev…

C'est alors qu'entra en scène le journaliste Bourtzev, surnommé le « Sherlock Holmes de la révolution », spécialisé dans les enquêtes concernant les agents secrets tsaristes. Il eut la géniale idée de demander directement à la police le véritable nom du mystérieux personnage infiltré au sommet de l'Organisation de combat. Pour cela, il choisit soigneusement son interlocuteur :

« Cela doit être un homme honnête, écrivit-il dans son journal intime, un des principaux dirigeants de l'Okhrana, blessé par la duplicité de son agent. »

Or, ce profil cadrait parfaitement avec le portrait d'Alexeï Lopoukhine, ancien directeur de la police, aristocrate distingué descendant de la première femme du tsar Pierre le Grand.

L'express Cologne-Berlin fit un arrêt impromptu sur une voie latérale. Une sonnerie retentit, délicate et interminable, dans la modeste gare couverte de rosiers en fleur. D'un pas rapide, Lopoukhine foula le tapis du wagon et entra dans le compartiment où le journaliste l'attendait. D'un geste vif, le « Sherlock Holmes de la révolution » alluma sa cigarette et développa d'emblée, point par point, les preuves irréfutables de la duplicité d'Azev. Il évoqua les préparatifs des attentats contre les hauts dignitaires du régime et démontra que l'agent double était impliqué personnellement non seulement dans les plans généraux des assassinats, mais également dans les recrutements et la formation des tueurs à gages.

Lopoukhine était effondré :

« Philippovski, lâcha-t-il, c'est donc Azev… »

Les répercussions de cet aveu furent immédiates. Un communiqué du Parti socialiste-révolutionnaire dénonça :

« L'ingénieur Eugène Azev, trente-huit ans, dit "le Gros", "Ivan Nicolaïevitch" ou "Tolsty", ou encore "Valentin Kouzmitch", convaincu de collusion avec la police politique russe, agent provocateur extrêmement dangereux. »

Néanmoins, Azev montra un extraordinaire sang-froid face à cette inculpation et communiqua sa version des faits à ses supérieurs de la police, en présentant Lopoukhine comme un homme mesquin et rancunier cherchant à se venger de son échec personnel. Dans ce contexte, la police du tsar préféra organiser le passage discret de son agent secret à l'étranger. Le Premier ministre dut même couvrir cette fuite.

Et, comble d'ambiguïté, ce fut Lopoukhine qui allait porter la responsabilité de ce scandale. Traîné devant le tribunal spécial du Sénat, il fut accusé de nuisances graves durant son activité de chef de la police et condamné à la privation de ses droits et à cinq ans de travaux forcés. On affirma même publiquement que ce policier aguerri avait appartenu au Parti socialiste-révolutionnaire. (Il fut évidemment gracié par le tsar six mois plus tard.)

À l'étranger (en Allemagne, puis en France), Azev faillit être exécuté : une première fois quand il eut l'audace de rencontrer son accusateur dans un café de Francfort, puis plus tard, lors d'un rendez-vous à Paris avec son redoutable adjoint à la tête de l'Organisation de combat[1].

En vrai joueur, l'agent double évoqua pathétiquement sa participation active à de nombreux attentats, exigeant que l'on pèse le pour et le contre de ses activités : ce qu'il avait fait pour la révolution et ce qu'il avait fait pour la détruire. Même son interlocuteur, un tueur sans scrupule, ne parvint pas à trancher…

Sa vie allait désormais être un périple incessant à travers les capitales et les stations balnéaires les plus prestigieuses. Souvent à Paris par goût, parfois à Berlin par obligation, tantôt à Biarritz, tantôt à Monte-Carlo, toujours accompagné de sa corpulente maîtresse, il ne manqua jamais d'argent. Les largesses de la police du tsar et son génie commercial lui permirent de vivre confortablement dans un luxueux appartement de Wilmersdorf, quartier bourgeois de Berlin, sous un nom d'emprunt – encore un –, Alexandre Neumayer. Il ouvrit même un bureau d'agents de change et bénéficia d'une excellente réputation à la Bourse de New York. Il mourut dans son lit en 1916.

1. Savinkov, célèbre terroriste et futur ministre de la Guerre du gouvernement provisoire.

Annexe 2

L'affaire Noureev

À l'automne 1987, lorsque j'étais diplomate à l'époque de Gorbatchev, je me suis occupé du voyage de Noureev en URSS, puis de sa tournée triomphale à Saint-Pétersbourg. Cela me donna l'occasion non seulement de le voir régulièrement, mais encore d'exhumer quelques pièces d'archives concernant son affaire, dont voici le document essentiel. (Le lecteur me pardonnera de reproduire la langue de bois propre aux dépêches du KGB.)

> Rapport du KGB sur la trahison de R. Kh. Noureev, artiste de ballet. 19 juin 1961. Strictement confidentiel. Au comité central. Je vous informe que, le 16 juin 1961 à Paris, Rudolf Khametovitch Noureev, né en 1938, célibataire, Tatar, sans parti, artiste de ballet au théâtre Kirov, a trahi la patrie lors d'une tournée en France. Le 3 juin de cette année, des données sont parvenues de Paris, selon lesquelles Noureev enfreignait les principes de conduite des citoyens soviétiques à l'étranger, partait seul dans la ville et rentrait tard le soir à l'hôtel. De plus, il a lié des contacts proches avec des artistes français, dont certains sont homosexuels. Bien qu'un entretien prophylactique d'avertissement ait été mené avec Noureev, il n'a en rien changé sa conduite.

Le KGB, en accord avec la commission des voyages à l'étranger du comité central[1], a donné, le jour même, l'ordre à son résident à Paris de faire rapatrier Noureev en URSS.
Le 8 juin de cette année, le résident du KGB à Paris nous a informés que Noureev avait mis un terme à ses sorties nocturnes et amélioré son comportement. En conséquence de quoi, l'ambassadeur avait pris la décision de suspendre son rapatriement en URSS.
Le 16 juin de cette année, lors du départ de la troupe pour Londres, à la suite des instructions du ministère des Affaires étrangères d'URSS et en accord avec la décision de la commission des voyages à l'étranger, l'ambassade a pris le parti de renvoyer Noureev en URSS.
Arrivé à l'aérodrome, Noureev a refusé de regagner la patrie. Il a fait appel à la police française et a demandé que lui soit accordée la possibilité de rester dans le pays. Immédiatement, les policiers ont préparé une demande d'asile pour Noureev et l'ont invité à la signer, ce qu'il a fait. Arrivé à l'aéroport, le consul soviétique a eu une conversation avec Noureev, mais celui-ci n'a pas modifié son intention de trahir. L'ambassade d'URSS a émis à ce propos une protestation au ministère français des Affaires étrangères.
Noureev laisse en URSS : – mère : retraitée à Oufa ; – trois sœurs : une vivant à Leningrad, les deux autres à Oufa.
Noureev se caractérise par son indiscipline, son manque de patience et un comportement grossier. Sur le plan de ses intentions politiques, aucun matériel compromettant n'a été trouvé sur lui ou sur les membres de sa famille.
Noureev s'était déjà rendu plusieurs fois à l'étranger.

Le président du KGB, A. Chelepine.

---

1. La commission des voyages à l'étranger auprès du comité central a été mise en place à la suite d'une décision du politburo à la fin des années 1930. Cette commission devait juger – comme nous l'avons vu – du bien-fondé des recommandations données à un prétendant à un déplacement à l'étranger, prendre des mesures pour améliorer la composition des groupes de Soviétiques envoyés hors du territoire national, mener des entretiens et conduire des stages pour les spécialistes détachés en mission.

Chronologie

1917

15 mars	Abdication de Nicolas II.
17 mars	Constitution d'un gouvernement provisoire.
Juin	Offensive russe sur le front sud. Échec.
24 juillet	Kerenski devient président du Conseil.
Septembre	Tentative contre-révolutionnaire du général Kornilov, circonscrite par la garde rouge.
14 septembre	Proclamation de la république ; Kerenski à la tête d'un directoire.
7 novembre	Coup d'État d'octobre (selon le calendrier julien) sous la direction des bolcheviks.
9 novembre	Formation du Conseil des commissaires du peuple, présidé par Lénine ; décrets « sur la Paix » et « sur la Terre ». Après la révolution d'Octobre, Staline est nommé commissaire du peuple aux Nationalités. Il s'affronte déjà avec Trotski, qu'il fera assassiner en 1940.

1918

15 janvier	Formation de l'Armée rouge.
18 janvier	Réunion de l'Assemblée constituante élue à Petrograd.

19 janvier	Dissolution de la Constituante.
Février	Offensive austro-allemande contre la Russie soviétique.
14 février	Adoption du calendrier grégorien.
10-11 mars	La capitale de la Russie est transférée de Petrograd à Moscou. Le gouvernement soviétique s'installe au Kremlin.
Mars-avril	Corps expéditionnaire antibolchevique des Alliés à Mourmansk.
Avril	Corps expéditionnaire japonais et anglais à Vladivostok.
25-26 mai	Soulèvement contre-révolutionnaire du corps expéditionnaire tchèque.
8 juin	Prise de Samara par les troupes blanches.
28 juin	Formation en Sibérie d'un gouvernement provisoire contre-révolutionnaire.
4-10 juillet	Le Ve Congrès panrusse des Soviets adopte la première Constitution soviétique.
2 août	Débarquement anglo-américano-français à Arkhangelsk.
4 août	Occupation de Bakou par les Anglais.
30 août	Attentat contre Lénine.
1924	Mort de Lénine. Dans une lettre testament au parti, le leader de la révolution suggère d'« écarter Staline, car ses défauts ne sont pas acceptables ».
1924-1953	Staline dirige l'Union soviétique.
1929	À cinquante ans, Staline est le maître absolu de l'URSS. C'est le début du culte de la personnalité et de la terreur contre les koulaks.

1937-1938	La Grande Terreur. Plus d'un million et demi d'« éléments » antisoviétiques sont tués ou envoyés au goulag.
1941	Opération « Barbarossa ». Rompant le pacte signé en 1939, Hitler attaque l'URSS le 22 juin. En décembre, les Allemands sont aux portes de Moscou.
1943	Victoire de Stalingrad, puis de Koursk, tournants de la guerre. La même année, le fils aîné de Staline, Yakov, est abattu dans un camp de prisonniers.
1945	Conférence de Yalta. Staline, Churchill et Roosevelt se partagent le monde et décident de créer l'ONU. Grand vainqueur, Staline obtient l'Europe de l'Est.
1948	Coup de Prague. Les communistes s'emparent du pouvoir en Tchécoslovaquie. La même année, les Soviétiques imposent le blocus de Berlin.
1953	Mort de Staline. Après quatre jours d'agonie, il décède le jeudi 5 mars à 21 h 50, dans sa datcha, près de Moscou. Ses funérailles sont grandioses.
1953-1964	Khrouchtchev dirige l'Union soviétique.
1956	Devant le XXe Congrès du parti communiste, Khrouchtchev dénonce certains crimes du stalinisme et le culte de la personnalité.

1964-1982	Brejnev dirige l'Union soviétique.
1979	
Décembre	Intervention de l'armée soviétique en Afghanistan.
1985	
Mars	Gorbatchev, secrétaire général du PCUS, lance la *perestroïka*.
1988-1989	Retrait des troupes soviétiques d'Afghanistan.
1989	Élections à candidatures multiples en URSS.
1990	Instauration d'un régime présidentiel en URSS.
1991	
Mars	Gorbatchev est élu président de l'Union.
Juin	Eltsine est élu président de la fédération de Russie.
19-21 août	Tentative de putsch contre Gorbatchev.
Décembre	Fin de l'URSS.
1996	
Juillet	Eltsine est réélu à la présidence de la fédération de Russie.
2000	
Mars	Poutine est élu à la présidence de la fédération de Russie.

Bibliographie

ADJOUBEÏ (Alexeï), *À l'ombre de Khrouchtchev*, La Table ronde, Paris, 1989.

ALBATS (Evguenia), *La Bombe à retardement, Enquête sur la survie du KGB*, Plon, Paris, 1995.

AMALRIK (Andreï), *L'Union soviétique survivra-t-elle en 1984 ?*, Fayard, Paris, 1970.

ANDREW (Christopher), MITROKHIN (Vasili), *The Sword and the Shield : The Mitrokhin Archive and the Secret History of the KGB*, Basic Books, New York, 1999.

BARRON (John), *KGB : The Secret Work of Soviet Secret Agents*, Bantam Books, New York, 1974.

BERIA (Sergo), *Beria, mon père*, Plon, Paris, 1999.

BESANÇON (Alain), *L'Anatomie d'un spectre*, Calmann-Lévy, Paris, 1994.

BLANC (Hélène), LESNIK (Renata), *Le Mal russe*, L'Archipel, Paris, 2000.

BOUKOVSKY (Vladimir), *Jugement à Moscou*, Robert Laffont, Paris, 1995.

CARRÈRE D'ENCAUSSE (Hélène), *L'Empire éclaté, La Révolte des nations en URSS*, Flammarion, Paris, 1978.

CARRÈRE D'ENCAUSSE (Hélène), *Le Pouvoir confisqué, Gouvernants et gouvernés en URSS*, Flammarion, Paris, 1980.

CHENTALINSKI (Vitali), *Les Surprises de la Loubianka*, Robert Laffont, Paris, 1997.

CHERBARCHINE (Leonid), *Rouska Moskvy*, Tsentr-100, Moscou, 1992.

CHURCHILL (Winston), *The Aftermath*, Macmillan & Co, Londres, 1941.

COULLOUDON (Virginie), *La Mafia en Union soviétique*, Lattès, Paris, 1990.

DAIX (Pierre), *L'Avènement de la nomenklatura*, Complexe, Paris, 1982.

DJILAS (Milovan), *The New Class : An Analysis of the Communist System*, Praeger, New York, 1957.

ELTSINE (Boris), *Jusqu'au bout !*, Presses Pocket, Paris, 1991.

ELTSINE (Boris), *Sur le fil du rasoir*, Albin Michel, Paris, 1994.

ELTSINE (Boris), *Mémoires*, Flammarion, Paris, 2000.

GATES (Robert), *From the Shadows*, Simon & Schuster, New York, 1996.

GORBATCHEV (Mikhaïl), *Perestroïka, Vues neuves sur notre pays et le monde*, Flammarion, Paris, 1987.

GORBATCHEV (Mikhaïl), *Mémoires*, Le Rocher, Monaco, 1997.

GRATCHEV (Andreï), *L'Exception russe, Staline est-il mort ?*, Le Rocher, Monaco, 1997.

GROMYKO (Andreï), *Mémoires*, Belfond, Paris, 1989.

Guetta (Bernard), *Éloge de la tortue*, Hachette, Paris, 1991.

Heller (Michel), *La Machine et les rouages, La formation de l'homme soviétique*, Calmann-Lévy, Paris, 1985.

Kennan (George), *The Nuclear Delusion : Soviet-American Relations in the Atomic Age*, Pantheon Books, New York, 1983.

Kervokov (Viatcheslav), *Taïnyï kanal*, Gueïa, Moscou, 1997.

Klebnikov (Paul), *Godfather of the Kremlin*, Harcourt, New York, 2000.

Korjakov (Alexandre), *Boris Eltsine : ot rassveta do zakata*, Interbouk, Moscou, 1988.

Kostine (Sergueï), *Bonjour, Farewell*, Robert Laffont, Paris, 1997.

Krioutchkov (Vladimir), *Litscnoïe delo*, Moscou, 1997.

Laporte (Pierre), *Histoire de l'Okhrana*, Payot, Paris, 1936.

Laurent (Éric), *L'Effondrement*, Olivier Orban, Paris, 1992.

Lecomte (Bernard), *Le Bunker, Vingt ans de relations franco-soviétiques*, Jean-Claude Lattès, Paris, 1994.

Lesnik (Renata), Blanc (Hélène), *L'Empire de toutes les mafias*, Presses de la Cité, Paris, 1996.

Lorrain (Pierre), *La Mystérieuse Ascension de Vladimir Poutine*, Le Rocher, Paris, 2000.

Loupan (Victor), *Le Défi russe*, Les Syrtes, Paris, 2000.

Medvedev (Roy), *Le Stalinisme : origines, histoire, conséquences*, Le Seuil, Paris, 1972.

Medvedev (Roy), *Staline et le stalinisme*, Albin Michel, Paris, 1979.

MODINE (Iouri), *Mes camarades de Cambridge*, Robert Laffont, Paris, 1994.

PALAJTCHENKO (Pavel), *My Years with Gorbatchev and Shevardnadze : The Memoir of a Soviet Interpreter*, Pennsylvania State University Press, 1997.

POPOV (Gavriil), *Que faire ? Mon projet pour la Russie*, Belfond, Paris, 1992.

POUTINE (Vladimir) (avec GUEVORKIAN N., TIMAKOVA N. et KOLESNIKOV A.), *Ot pervogo litsa. Rasgovory s Vladimirom Putinym*, Vagrius, Moscou, 2000.

ROCHE (François), *Le Hold-Up du siècle*, Le Seuil, Paris, 2000.

SOKOLOFF (Georges), *La Puissance pauvre*, Fayard, Paris, 1993.

SOLJENITSYNE (Alexandre), *Le Chêne et le veau*, Le Seuil, Paris, 1975.

SOUDOPLATOV (Pavel), *Missions spéciales*, Le Seuil, Paris, 1994.

TCHERNAÏEV (Anatoli), *Chest' let s Gorbatchevym*, Progress, Moscou, 1993.

THOM (Françoise), *Le Moment Gorbatchev*, Hachette, collection « Pluriel », Paris, 1989.

TIKHONOV (Nikolaï), *L'Économie soviétique : réalisations, problèmes, perspectives*, Novisti, Moscou, 1983.

TROYAT (Henri), *Raspoutine*, Flammarion, Paris, 1996.

VADROT (Claude-Marie), *Où va la Russie ?*, First, Paris, 1996.

YAKOVLEV (Alexandre), *Vospominania*, Vagrius, Moscou, 2000.

ZINOVIEV (Alexandre), *Les Confessions d'un homme en trop*, Orban, Paris, 1990.

Les Grandes Énigmes du Kremlin, Crémille, Genève, 1973, tome II.

Hearing on the Threat of Russian Organized Crime, comité des relations internationales de la Chambre des représentants, Washington DC, 30 avril 1996.

Hearing on Russian Corruption, comité sur les activités bancaires de la Chambre des représentants, Washington DC, 22 septembre 1999.

Beria, Fondation internationale pour la démocratie, Moscou, 1999.

Table

Du même auteur :

Aux Éditions du Rocher

Le Roman des tsars, 2013.
La Magie de Saint-Pétersbourg, 2012.
L'islamisme va-t-il gagner ? Le Roman du Siècle vert, en coll. avec Alexandre Adler, 2012.
Le Roman du Siècle rouge, en coll. avec Alexandre Adler, 2012.
Le Roman de Raspoutine, 2011 ; Grand Prix Palatine du roman historique 2012.
Le Roman de l'espionnage, 2011.
Le Roman de Tolstoï, 2010.
Les Romans de la Russie éternelle, 2010.
Le Roman de l'âme slave, 2009.
Le Fantôme de Staline, 2007 ; prix du Droit de Mémoire.
Le Roman de l'Orient-Express, 2006 ; prix André-Castelot.
Le Roman de la Russie insolite, 2004.
Diaghilev et Monaco, 2004.
Le Roman du Kremlin, Le Rocher/Mémorial de Caen, 2004 ; prix Louis-Pauwels, prix du Meilleur Document de l'année.
Le Roman de Saint-Pétersbourg, 2003 ; prix de l'Europe.
L'Histoire secrète des Ballets russes, 2002 ; prix des Écrivains francophones.
Les Tsarines, 2002.

Chez d'autres éditeurs

Napoléon et Alexandre, Alphée, 2010.

Les Amours de la Grande Catherine, Alphée/Jean-Paul Bertrand, 2009.

Regards sur la France, ouvrage collectif sous la direction de K.E. Bitar et R. Fadel, Seuil, 2007.

Paris-Saint-Pétersbourg : une grande histoire d'amour, Presses de la Renaissance, 2005.

Les Deux Sœurs, Lattès, 2004 ; prix des Romancières.

La Guerre froide, Mémorial de Caen, 2002.

La Fin de l'URSS, Mémorial de Caen, 2002.

De Raspoutine à Poutine, les hommes de l'ombre, Perrin/Mémorial de Caen, 2001 ; prix d'Étretat.

Le Retour de la Russie, en coll. avec Michel Gurfinkiel, Odile Jacob, 2001.

Le Triangle russe, Plon, 1999.

Le Département du diable, Plon, 1996.

Les Égéries romantiques, en coll. avec Gonzague Saint Bris, Lattès, 1995.

Les Égéries russes, en coll. avec Gonzague Saint Bris, Lattès, 1993.

Histoire secrète d'un coup d'État, en coll. avec Ulysse Gosset, Lattès, 1991.

Histoire de la diplomatie française, Éditions de l'Académie diplomatique, 1985.

PAPIER À BASE DE FIBRES CERTIFIÉES

Le Livre de Poche s'engage pour l'environnement en réduisant l'empreinte carbone de ses livres. Celle de cet exemplaire est de :
300 g éq. CO_2
Rendez-vous sur www.livredepoche-durable.fr

Composition réalisée par DATAGRAFIX

Achevé d'imprimer en octobre 2013 en France par
CPI BRODARD ET TAUPIN
La Flèche (Sarthe)
N° d'impression : 3002449
Dépôt légal 1re publication : novembre 2013
LIBRAIRIE GÉNÉRALE FRANÇAISE
31, rue de Fleurus – 75278 Paris Cedex 06

31/7356/4